TRANZLATY

Sprache ist für alle da

Kieli kuuluu kaikille

Die Verwandlung
Muodonmuutos

Franz Kafka

Deutsch
Suomi

www.tranzlaty.com

Gregor Samsa erwachte eines Morgens aus unruhigen Träumen.

Gregor Samsa heräsi eräänä aamuna levottomiin uniin.

Er befand sich in seinem Bett, konnte sich aber nicht bewegen.

Hän huomasi makaavansa sängyssään, mutta ei pystynyt liikkumaan.

Er war in ein monströses Ungeziefer verwandelt worden.

Hän oli muuttunut hirviömäiseksi tuholaiseksi.

Er lag auf dem Rücken, der sich hart wie eine Rüstung anfühlte.

Hän makasi selällään, joka oli kova kuin haarniska.

Indem er den Kopf ein wenig hob, konnte er seinen Bauch sehen.

Nostamalla päätään hieman hän näki vatsansa.

Sein Bauch aber war gewölbt und in Segmente unterteilt.

Mutta hänen vatsansa oli kupumainen ja jakautunut osiin.

Die Decke lag auf seinem runden Bauch.

Peitto lepäsi hänen pyöreän vatsansa päällä.

Die Decke war jedoch kurz davor, ganz herunterzurutschen.

Mutta peitto oli lähellä valua kokonaan alas.

Seine Beine wirkten im Vergleich zu ihrer üblichen Größe jämmerlich.

Hänen jalkansa olivat säälittävät verrattuna niiden tavanomaiseen kokoon.

Und seine vielen Beine flackerten hilflos vor seinen Augen.

Ja hänen monet jalkansa välkkyivät avuttomana hänen silmiensä edessä.

„Was ist nur mit mir geschehen?", dachte er bei sich.

"Mitä minulle on tapahtunut?" hän ajatteli itsekseen.

Aber es war kein Traum, aus dem er nicht erwachen konnte.

Mutta se ei ollut uni, josta hän ei olisi voinut herätä.

Es war tatsächlich sein eigenes Zimmer, in dem er sich wiederfand.

Se oli todellakin hänen oma huoneensa, jossa hän oli.

Ein richtiges Zimmer für Menschen, aber leider etwas zu klein.

Oikea huone ihmisille, mutta hieman liian pieni.

Er lag still zwischen den vier bekannten Mauern.

Hän makasi hiljaa neljän tutun seinän välissä.

Auf dem Tisch befand sich eine Sammlung von Textilmustern.

Pöydällä oli kokoelma tekstiilinäytteitä.

Samsa war Handelsreisender, daher die Muster.

Samsa oli kauppamatkustaja, mistä johtuu näytteet.

Über den auseinandergenommenen Textilproben hing ein Bild.

Purettujen tekstiilinäytteiden yläpuolella oli kuva.

Er hatte das Bild erst vor Kurzem aus einer Zeitschrift ausgeschnitten.

Hän oli äskettäin leikannut kuvan lehdestä.

Er hatte das Bild in einen hübschen, vergoldeten Rahmen gefasst.

Hän oli asettanut kuvan kauniiseen, kullattuun kehykseen.

Das gerahmte Bild zeigte eine aufrecht sitzende Dame.

Kehyksissä olevassa kuvassa oli kuvattuna suorassa istuva nainen.

Sie trug eine Pelzmütze und hatte einen Pelzmuff.

Hänellä oli turkishattu ja turkismuhvi.

Sie hob ihre Hand in Richtung des Betrachters des Bildes.

Hän nosti kätensä kuvan katsojaa kohti.

Ihr ganzer Unterarm verschwand in ihrem schweren Pelzmuff.

Koko hänen kyynärvartensa katosi raskaaseen karvaiseen muhviin.

Gregor blickte aus dem Fenster auf das trübe Wetter.

Gregor katsoi ikkunasta harmaata säätä.

Man konnte hören, wie schwere Regentropfen gegen das Fenster prasselten.

Ikkunaan kuului raskaiden sadepisaroiden osuvan.

Das graue Wetter stimmte ihn sehr melancholisch.

Harmaa sää sai hänet tuntemaan olonsa hyvin melankoliseksi.

**„Wie wäre es, wenn ich noch ein bisschen länger schlafe?",
dachte er.**

"Entä jos nukkuisin vähän pidempään?" hän ajatteli.

**"Mehr Schlaf könnte mir helfen, diesen Unsinn zu
vergessen."**

"Lisää unta voisi auttaa minua unohtamaan tämän
hölynpölyn."

Länger zu schlafen war jedoch völlig unmöglich.

Mutta nukkuminen pidempään oli täysin mahdotonta.

Weil er es gewohnt war, auf seiner rechten Seite zu schlafen.

Koska hän oli tottunut nukkumaan oikealla kyljellään.

**Sein aktueller Zustand schränkte jedoch seine üblichen
Bewegungsfreiheiten ein.**

Mutta hänen nykyinen tilansa esti hänen tavanomaiset
liikkeensä.

Er hatte keine Möglichkeit, in diese Lage zu gelangen.

Hänellä ei ollut mitään keinoa päästä tähän asemaan.

Er versuchte sein Bestes, sich auf die rechte Seite zu werfen.

Hän yritti parhaansa mukaan heittäytyä oikealle kyljelleen.

Er hat diese Bewegung wahrscheinlich hundertmal versucht.

Hän luultavasti yritti tätä liikettä sata kertaa.

Aber er kippte immer wieder in die Rückenlage zurück.

Mutta hän keinui aina takaisin selälleen.

**Er schloss die Augen, um seine unruhigen Beine nicht sehen
zu müssen.**

Hän sulki silmänsä, jottei näkisi nykiviä jalkojaan.

**Am Ende hinderten ihn seine Schmerzen daran, es noch
einmal zu versuchen.**

Lopulta kipu esti häntä yrittämästä uudelleen.

**Ein dumpfer Schmerz in der Seite, den er noch nie zuvor
gespürt hatte.**

Tylsä kipu kyljessä, jollaista hän ei ollut koskaan ennen
tuntenut.

„Oh Gott", dachte Gregor Samsa verzweifelt bei sich.

"Voi luoja", Gregor Samsa ajatteli epätoivoisesti itsekseen.

"Was für einen anstrengenden Beruf ich mir da doch
ausgesucht habe!"
"Mikä vaativan ammatin olenkaan itselleni valinnut!"
„Ich muss beruflich Tag für Tag reisen."
"Päivästä toiseen minun täytyy matkustaa ympäriinsä työni
vuoksi."
„Büroarbeit ist viel einfacher als die Arbeit unterwegs."
"Toimistotyö on paljon helpompaa kuin tien päällä
työskentely."
„Und ich habe den Fluch, ständig reisen zu müssen."
"Ja minulla on se kirous, että minun täytyy matkustaa
ympäriinsä."
„Die ganze Sorge, die Züge nicht rechtzeitig zu verpassen."
"Kaikki huolet siitä, ehtiikö juniin ajoissa."
„Meine Mahlzeiten sind unregelmäßig und das Essen ist
schlecht."
"Ruokailuaikani ovat epäsäännölliset ja ruoka on pahaa."
„Meine Freunde wechseln ständig, je nachdem, wo ich
hinziehe."
"Ystäväni vaihtuvat aina kaupungista toiseen."
„Meine Interaktionen sind kühl und professionell."
"Vuorovaikutussuhteeni ovat kylmiä ja ammattimaisia."
„Sollen sich doch die Teufel mit solchen Arbeiten
vergnügen!"
"Antaa paholaisen huvittaa itseään tällaisella työllä!"
Er verspürte ein leichtes Jucken im oberen Bereich seines
Bauches.
Hän tunsi lievää kutinaa vatsansa yläosassa.
Er stemmte sich mit dem Rücken gegen den Bettpfosten.
Hän työnsi itsensä selällään sängynpylvästä vasten.
Er wollte seinen Kopf besser heben können.
Hän halusi pystyä nostamaan päätään paremmin.
Er fand die juckende Stelle, die ihn plagte.
Hän löysi kutisevan kohdan, joka vaivasi häntä.
Sein Kopf schien mit kleinen weißen Punkten bedeckt zu
sein.
Hänen päänsä näytti olevan täynnä pieniä valkoisia pisteitä.

Was diese kleinen weißen Punkte waren, konnte er nicht sagen.
Mitä nämä pienet valkoiset pisteet olivat, hän ei osannut sanoa.
Er hatte geplant, die Stelle mit einem seiner Beine zu berühren.
Hän oli suunnitellut koskettavansa kohtaa yhdellä jalallaan.
Doch als er die Stelle berührte, verspürte er ein seltsames Frösteln.
Mutta kosketettuaan kohtaa hän tunsi oudon kylmyyden.
Daraufhin zog er sein Bein sofort von der Stelle weg.
Niinpä hän veti jalkansa heti pois paikalta.
Ihm blieb nichts anderes übrig, als das Jucken zu ertragen.
Hänellä ei ollut muuta vaihtoehtoa kuin hyväksyä kutinan tunne.
Und er kehrte in seine vorherige Position im Bett zurück.
Ja hän palasi edelliseen asentoonsa sänkyyn.
„Wer so früh aufwacht, wird echt ziemlich dumm."
"Näin aikaisin herääminen tekee ihmisen todella tyhmäksi."
„Ein Mann braucht genug Schlaf", dachte er sich.
"Ihmisen täytyy nukkua tarpeeksi", hän ajatteli itsekseen.
„Die anderen Handelsreisenden leben in Luxus."
"Muut kauppamatkustajat elävät ylellistä elämää."
„Morgens übermittle ich die erhaltenen Bestellungen."
"Aamulla siirrän saamani tilaukset."
„Währenddessen frühstücken die Herren noch."
"Sillä välin nuo herrat syövät yhä aamiaista."
„Stellen Sie sich nur vor, ich würde das bei meinem Chef versuchen."
"Kuvittele, jos yrittäisin tehdä saman pomoni kanssa."
„Er würde mich feuern, bevor ich mit dem Frühstück fertig bin."
"Hän antaisi minulle potkut ennen kuin olisin syönyt aamiaiseni loppuun."
„Aber vielleicht wäre das auch nicht das Schlimmste."
"Mutta ehkä se ei olisikaan pahin mahdollinen."
„Das Problem ist, dass meine Eltern mich zurückhalten."

"Ongelmana on, että vanhempani pidättelevät minua."

„Ohne sie hätte ich schon längst gekündigt.“

"Jos heitä ei olisi ollut, olisin jo irtisanoutunut."

„Ich hätte mich dem Chef entgegengestellt und es ihm gesagt.“

"Olisin noussut pomoa vastaan ja kertonut hänelle."

„Ich würde genau sagen, was ich von ihm und der Stelle halte.“

"Sanoisin tarkalleen, mitä ajattelen hänestä ja hänen työstään."

„Er würde vom Schreibtisch fallen, wenn ich ihm alles erzählen würde!“

"Hän putoaisi pöydältään, jos kertoisin hänelle kaiken!"

„Es ist sehr seltsam, wie er an seinem Schreibtisch sitzt.“

"On hyvin outoa, miten hän istuu työpöydällään."

„Seine Art, mit seinen Untergebenen zu sprechen, ist nicht in Ordnung.“

"Tapa, jolla hän puhuu alaisilleen, ei ole oikea."

„Und das Schlimmste ist, dass sein Gehör so schlecht ist.“

"Ja pahinta on, että hänen kuulonsa on niin huono."

„Sie haben also keine andere Wahl, als ganz nah bei ihm zu sitzen.“

"Joten sinulla ei ole muuta vaihtoehtoa kuin istua aivan hänen vieressään."

„Aber trotz allem ist die Hoffnung noch nicht völlig verloren.“

"Mutta kaikesta huolimatta toivo ei ole vielä täysin menetetty."

„Ich werde das Geld sparen, um die Schulden meiner Eltern zu begleichen.“

"Säästän rahat maksaakseni vanhempieni velat pois."

„Ich kann nichts tun, solange sie ihm noch Geld schulden.“

"En voi tehdä mitään niin kauan kuin he ovat hänelle velkaa."

„Aber wenn die Schulden beglichen sind, werde ich es auf jeden Fall tun.“

"Mutta kun velka on maksettu, teen sen varmasti."

„Es wird wahrscheinlich noch fünf bis sechs Jahre dauern.“

"Se vie luultavasti vielä viisi tai kuusi vuotta."

"Ja, dann wird die große Trennung definitiv erfolgen."

"Kyllä, silloin se suuri ero varmasti tehdään."
„Fürs Erste muss ich jedoch aufstehen."
"Minun täytyy kuitenkin nousta sängystä toistaiseksi."
„Weil mein Zug um fünf Uhr abfährt."
"Koska junani lähtee kello viisi."
Gregor blickte auf den tickenden Wecker auf dem Tisch.
Gregor katsoi pöydällä tikittävää herätyskelloa.
"Himmlischer Vater!", dachte er, als er die Uhrzeit sah.
"Taivaallinen Isä!" hän ajatteli nähdessään kellon.
Halb sieben war schon still und leise vergangen.
Puoli seitsemän oli jo hiljaa ollut ja mennyt.
Und die Zeiger der Uhr bewegten sich immer weiter vorwärts.
Ja kellon viisarit liikkuivat itsestään eteenpäin.
Es war nun fast Viertel vor sieben.
Ja nyt kello lähestyi varttia vaille seitsemän.
"Vielleicht hat der Wecker nicht geklingelt, um mich zu wecken?", dachte er.
"Ehkä herätyskello ei ollut soinut herättääkseen minua?" hän ajatteli.
Von seinem Bett aus inspizierte Gregor den Wecker.
Gregor tarkasteli herätyskelloa sängystään käsin.
Der Wecker war korrekt auf vier Uhr eingestellt.
Herätyskello oli asetettu oikein neljään.
Er konnte es sich nicht erklären, aber der Alarm musste losgegangen sein.
Hän ei osannut selittää sitä, mutta hälytys oli varmaankin soitettu.
"Wie konnte ich den Wecker verschlafen, ohne es zu merken?"
"Miten nukuin herätyskellon yli tietämättäni?"
Wenn der Alarm losgeht, wackeln sogar die Möbel.
Kun hälytys soi, se jopa ravistelee huonekaluja.
Er wusste, dass sein Schlaf alles andere als ruhig gewesen war.
Hän tiesi, ettei hänen unensa ollut ollut lainkaan rauhallista.

Aber vielleicht war das der Grund, warum sein Schlaf so viel tiefer war.

Mutta ehkä juuri siksi hänen unensa oli paljon syvempää.

Er musste darüber nachdenken, was er nun tun sollte.

Hänen täytyi miettiä, mitä hänen nyt pitäisi tehdä.

Der nächste Zug fuhr erst um sieben Uhr ab.

Seuraava juna lähti vasta seitsemältä.

Diesen Zug zu erreichen, wäre nahezu unmöglich.

Junan ehtiminen olisi lähes mahdotonta.

Und die benötigten Textilien hatte er noch nicht eingepackt.

Eikä hän ollut vielä pakannut tarvitsemiaan tekstiilejä.

Er fühlte sich auch nicht besonders frisch und agil.

Hän ei myöskään tuntenut oloaan erityisen virkeäksi ja ketteräksi.

Vielleicht bestand die Möglichkeit, in den Zug einzusteigen.

Ehkä olisi ollut mahdollisuus päästä junaan.

Doch ein Tadel vom Chef war so oder so unvermeidlich.

Mutta pomon nuhtelu oli joka tapauksessa väistämätöntä.

Der Angestellte wäre in den Fünf-Uhr-Zug eingestiegen.

Virkailija olisi noussut viiden junaan.

Der Büroangestellte war ein willensschwaches Werkzeug des Chefs.

Toimistovirkailija oli pomon selkärangaton olento.

Gregors Abwesenheit wäre also bereits gemeldet worden.

Joten Gregorin poissaolosta olisi jo ilmoitettu.

„Was wäre, wenn ich mich krankmelde?", überlegte Gregor.

"Entä jos ilmoitan olevani sairas?" Gregor mietti.

Das wäre aber äußerst peinlich und verdächtig.

Mutta se olisi äärimmäisen kiusallista ja epäilyttävää.

Gregor war in der gesamten Zeit, die er dort arbeitete, nie krank gewesen.

Gregor ei ollut kertaakaan ollut sairas sinä aikana, kun hän työskenteli siellä.

Und er hatte ihnen bereits fünf Jahre Dienst geleistet.

Ja hän oli jo antanut heille viisi vuotta palvelusta.

Die Chancen standen gut, dass der Chef vorbeikommen würde, um nach ihm zu sehen.

Todennäköisesti pomo tulisi tarkistamaan hänen vointinsa.
Er würde wahrscheinlich den Arzt der Krankenversicherung mitbringen.
Hän luultavasti toisi sairausvakuutusyhtiön lääkärin mukaan.
Und er würde die Eltern für ihren faulen Sohn verantwortlich machen.
Ja hän syyttäisi vanhempia heidän laiskasta pojastaan.
Sie könnten gegen ihn keine Einwände erheben.
Heillä ei olisi mitään vastalauseita häntä vastaan.
Denn für ihn gab es nur zwei Arten von Arbeitern.
Koska hänelle oli vain kahdenlaisia työntekijöitä.
Entweder waren die Arbeiter kerngesund oder arbeitsscheu.
Joko työntekijät olivat täysin terveitä tai työnarkoja.
Und läge er mit dieser grundlegenden Analyse überhaupt falsch?
Ja olisiko hän edes väärässä tuossa perusanalyysissä?
In diesem Fall hatte er sicherlich ein starkes Argument.
Tässä tapauksessa hänellä oli toki vahvat perustelut.
Trotz seines Aussehens fühlte sich Gregor tatsächlich recht wohl.
Ulkonäöstään huolimatta Gregor tunsi olonsa itse asiassa varsin hyväksi.
Der unnötig lange Schlaf hatte ihn etwas schläfrig gemacht.
Tarpeettoman pitkät yöunet tekivät hänestä hieman uneliaan.
Abgesehen davon konnte er sich aber über keine Krankheit beklagen.
Mutta muuten hän ei voinut valittaa sairaudesta.
Er verspürte sogar einen besonders starken und gesunden Hunger.
Hän tunsi jopa erityisen voimakasta ja tervettä nälkää.
Während er diesen Gedanken nachging, schlug die Uhr erneut.
Hänen mietiessään näitä ajatuksia kello löi uudelleen.
Laut Alarm war es jetzt Viertel vor sieben.
Hälytyskellon mukaan kello oli nyt varttia vaille seitsemän.
Und nun klopfte es auch leise an der Tür.
Ja nyt ovelta koputettiin myös hiljaa.

„Gregor", rief ihm jemand zu – es war die Mutter.
"Gregor", joku huusi hänelle – se oli äiti.
„Es ist Viertel vor sieben", bestätigte sie den Alarm.
"Kello on varttia vaille seitsemän", hän vahvisti hälytyksen.
"Wolltest du nicht gehen?", fragte die sanfte Stimme.
"Etkö halunnut lähteä?" kysyi lempeä ääni.
Gregor erschrak, als er seine eigene Stimme antworten hörte.
Gregor pelästyi kuullessaan oman äänensä vastaavan.
Es war immer noch dieselbe Stimme, die er schon immer
hatte.
Ääni oli edelleen se ääni, joka hänellä oli aina ollut.
Doch nun mischte sich ein neuer Klang in seine Stimme.
Mutta nyt hänen ääneensä sekoittui uusi ääni.
Tief aus seinem Inneren entfuhr ihm auch ein schmerzhafter
Schrei.
Syvällä hänen sisältään pääsi myös tuskallinen vinkaisu.
Zunächst schien seine Stimme die Worte klar zu formen.
Aluksi hänen äänensä tuntui muodostavan sanoja selkeästi.
Doch dann hörte Gregor das Echo seiner Stimme in seinem
Kopf.
Mutta sitten Gregor kuuli äänensä kaiun mielessään.
Die Aufnahme seiner Stimme ist auf seltsame Weise
zerbrochen.
Hänen äänensä tallenne katkesi oudolla tavalla.
Und er war sich nicht sicher, ob er richtig gehört hatte.
Eikä hän ollut varma, kuuliko hän asiat oikein.
Gregor verspürte den starken Wunsch, eine ausführliche
Antwort zu geben.
Gregor tunsi syvää halua antaa yksityiskohtaisen vastauksen.
Er wollte seiner Mutter alles genau erklären.
Hän halusi selittää kaiken selvästi äidilleen.
Doch angesichts der Umstände musste er sich einschränken.
Mutta olosuhteiden vuoksi hänen oli pakko rajoittaa itseään.
Und er antwortete viel kürzer, als er es gern getan hätte.
Ja hän vastasi paljon lyhyemmin kuin olisi halunnut.
"Ja, Mutter, keine Sorge, danke, ich bin schon wach."
"Kyllä äiti, älä huoli, kiitos, olen jo ylhäällä."

Die Holztür trug vermutlich dazu bei, seine Stimme zu dämpfen.

Puinen ovi luultavasti vaimenti hänen ääntään.

Draußen blieb die Veränderung in Gregors Stimme unbemerkt.

Ulkona Gregorin äänen muutos pysyi huomaamattomana.

Die Mutter schien mit seiner Erklärung zufrieden zu sein.

Äiti näytti olevan tyytyväinen hänen selitykseensä.

Und sie ging genauso leise wieder, wie sie gekommen war.

Ja hän lähti taas yhtä hiljaa kuin oli tullutkin.

Doch das kurze Gespräch hatte eine unerwünschte Folge.

Mutta pienellä keskustelulla oli ei-toivottu vaikutus.

Er erregte die Aufmerksamkeit der anderen Familienmitglieder.

Hän herätti muiden perheenjäsenten huomion.

Gregor war noch zu Hause und nicht zur Arbeit gegangen.

Gregor oli vielä kotona eikä ollut mennyt töihin.

Und nun klopfte auch der Vater an die Seitentür.

Ja nyt isä koputti myös sivuoveen.

Er klopfte schwach, aber entschlossen mit der Faust.

Hän koputti nyrkillään heikosti, mutta päättäväisesti.

„Gregor, Gregor", rief er, „was ist das Problem?"

"Gregor, Gregor", hän huusi, "mikä on hätänä?"

Nach einer Weile warnte er erneut, diesmal mit tieferer Stimme.

Hetken kuluttua hän varoitti uudelleen matalammalla äänellä.

Doch nun klopfte die Schwester an die andere Tür.

Mutta toisella puolella olevaan oveen sisar koputti nyt.

"Gregor? Geht es dir nicht gut?", fragte sie leise.

"Gregor? Etkö voi hyvin?" hän kysyi hiljaa.

„Brauchen Sie irgendetwas?", fragte sie besorgt.

"Tarvitsetko jotain?" hän kysyi huolestuneena.

Gregor antwortete beiden Seiten: „Ich bin schon fertig."

Gregor vastasi molemmille osapuolille: "Olen jo valmis."

Er hatte sich größte Mühe gegeben, alle Wörter sorgfältig auszusprechen.

Hän oli parhaansa mukaan yrittänyt lausua kaikki sanat
huolellisesti.
Und er entfernte alles Auffällige aus seiner Stimme.
Ja hän poisti äänestään kaiken huomiota herättävän.
Auch der Vater schien mit der Antwort zufrieden zu sein.
Isäkin näytti tyytyväiseltä vastaukseen.
Und er kehrte zu seinem unvollendeten Frühstück zurück.
Ja hän palasi takaisin keskeneräisen aamiaisensa ääreen.
**Doch die Schwester flüsterte: „Gregor, mach auf, ich flehe
dich an."**
Mutta sisar kuiskasi: "Gregor, avaa ovesi, pyydän sinua."
**Doch ihre Sorge um ihn konnte ihn in keiner Weise
bewegen.**
Mutta hänen huolensa hänestä ei voinut liikuttaa häntä
millään tavalla.
Gregor hatte nicht die Absicht, ihr die Tür zu öffnen.
Gregorilla ei ollut aikomustakaan avata ovea hänelle.
**Durch seine Reisen hatte er sich einige vorsichtige
Gewohnheiten angeeignet.**
Hän oli matkustamisen myötä omaksunut joitakin varovaisia
tapoja.
**Und er lobte sich selbst dafür, die Türen abgeschlossen zu
haben.**
Ja hän kehui itseään ovien lukitsemisesta.
**Zunächst wollte er in Ruhe und in seinem eigenen Tempo
aufstehen.**
Ensin hän halusi nousta ylös hiljaa omaan tahtiinsa.
Und er wollte sich ungestört anziehen.
Ja häiritsemättä hän halusi pukeutua.
Nachdem er das geschafft hatte, wollte er frühstücken.
Tämän saavutettuaan hän halusi sitten syödä aamiaista.
Erst dann wollte er die Situation weiter überdenken.
Vasta sen jälkeen hän halusi tarkastella tilannetta tarkemmin.
Er wusste, dass es sinnlos war, im Bett Pläne zu schmieden.
Hän tiesi, ettei sängyssä ollut mitään järkeä tehdä
suunnitelmia.

Zu einem vernünftigen Schluss zu gelangen, wäre unmöglich.
Järkevän johtopäätöksen tekeminen olisi mahdotonta.
Es gab schon andere Male, da war er mit leichten Schmerzen aufgewacht.
Hän oli herännyt toisinaankin lieviin kipuihin.
Diese Schmerzen erwiesen sich stets als reine Einbildung.
Nämä kivut osoittautuivat aina puhtaaksi mielikuvitukseksi.
Beim Aufstehen verschwanden die Schmerzen ausnahmslos.
Sängystä noustessa kipu aina hellitti.
Er war neugierig, was mit diesen Ideen geschehen würde.
Hän oli utelias näkemään, mitä näille ajatuksille tapahtuisi.
Die Veränderung seiner Stimme war wahrscheinlich nur auf eine Erkältung zurückzuführen.
Äänen muutos johtui luultavasti vain flunssasta.
Erkältungen sind für Reisende einfach ein Berufsrisiko.
Vilustuminen on vain työperäinen vaara matkailijoille.
Er hatte keinen Zweifel daran, dass dies die logische Erklärung war.
Hän ei epäillyt hetkeäkään, etteikö se olisi looginen selitys.
Es gelang ihm mühelos, die Decke von sich zu streifen.
Peiton saaminen pois päältään onnistui helposti.
Er musste nur einatmen und sich aufblasen.
Hänen tarvitsi vain hengittää sisään ja puhaltaa ilmaa ilmaan.
Die Decke rutschte von seinem Körper und landete auf dem Boden.
Peitto valui hänen vartaloltaan lattialle.
Sein unglaublich breiter Körperbau erschwerte auch andere Dinge.
Hänen uskomattoman leveä vartalonsa teki muista asioista vaikeita.
Er hätte Arme und Hände gebraucht, um aufzustehen.
Hän olisi tarvinnut käsivarsia ja käsivarsia noustakseen ylös.
Aber er hatte nicht mehr die Gliedmaßen, die er früher gehabt hatte.
Mutta hänellä ei ollut enää niitä raajoja, jotka hänellä ennen oli.

Anstelle von Armen und Händen hatte er viele kleine Beine.
Käsien ja käsivarsien sijaan hänellä oli paljon pieniä jalkoja.
**Und seine Beine bewegten sich ständig, ohne dass er es
kontrollieren konnte.**
Ja hänen jalkansa liikkuivat jatkuvasti, täysin
hallitsemattomasti.
**Er versuchte, ein Bein zu beugen, aber stattdessen streckte es
sich.**
Hän yritti koukistaa toista jalkaa, mutta se venyikin.
**Schließlich gelang es ihm, ein Bein unter seine Kontrolle zu
bringen.**
Lopulta hän sai toisen jalan hallintaansa.
**Doch dann wurde die Bewegung der anderen Beine
freigegeben.**
Mutta sitten muiden jalkojen liike vapautui.
Und seine Beine zuckten vor lauter Aufregung.
Ja kaikki hänen jalkansa nytkähtivät äärimmäisestä
jännityksestä.
**Zuerst wollte er seinen Unterkörper aus dem Bett
bekommen.**
Ensin hän halusi saada alavartalonsa pois sängystä.
Seinen Unterkörper hatte er aber noch nicht gesehen.
Mutta hän ei ollut itse asiassa vielä nähnyt alavartaloaan.
**Und es erwies sich ohnehin als zu schwierig, diesen Teil zu
versetzen.**
Ja tämän osan siirtäminen osoittautui joka tapauksessa liian
vaikeaksi.
**Schließlich wagte er mit all seiner Kraft einen waghalsigen
Schritt.**
Lopulta hän teki kaiken voimansa turvin yhden villin liikkeen.
Ohne weiter zu zögern, trat er vorwärts.
Epäröimättä enempää hän astui eteenpäin.
Doch er hatte die falsche Richtung eingeschlagen.
Mutta hän oli valinnut väärän suunnan liikkuakseen.
**Er schlug mit voller Wucht mit dem Körper gegen den
unteren Bettpfosten.**
Hän löi ruumistaan rajusti sängyn alempaa pylvästä vasten.

Der brennende Schmerz, den er empfand, lehrte ihn eine wertvolle Lektion.
Polttava kipu, jota hän tunsi, opetti hänelle arvokkaan läksyn.
Sein Unterkörper war vielleicht empfindlicher.
Hänen alavartalonsa oli ehkä herkempi.
Also versuchte er zuerst, seinen Oberkörper aus dem Bett zu bekommen.
Niinpä hän yritti ensin saada ylävartalonsa ylös sängystä.
Er drehte seinen Kopf vorsichtig in die richtige Richtung.
Hän käänsi varovasti päätään oikeaan suuntaan.
Und schon bald lag sein Kopf am Bettrand.
Ja pian hänen päänsä oli sängyn reunaa vasten.
Diese vorsichtige Vorgehensweise fiel ihm tatsächlich leicht.
Tämä varovainen liike oli hänelle itse asiassa helppo.
Und weder seine Breite noch sein Gewicht hinderten ihn an seinen Bewegungen.
Eivätkä hänen leveytensä ja painonsa estäneet hänen liikettään.
Die Masse seines Körpers folgte langsam der Drehung des Kopfes.
Hänen ruumiinsa massa seurasi hitaasti pään käännöstä.
Doch dann streckte er den Kopf über die Bettkante.
Mutta sitten hän nosti päänsä sängyn reunan yli.
Und er sah sich einer neuen Angst gegenüber, über die er noch nicht nachgedacht hatte.
Ja hän kohtasi uuden pelon, jota hän ei ollut aiemmin ajatellut.
Ein weiteres Vorgehen in dieser Richtung könnte gefährlich sein.
Tällä tavalla pidemmälle eteneminen voisi olla vaarallista.
Er hatte gedacht, er würde sich einfach fallen lassen.
Hän oli luullut vain antavansa itsensä pudota.
Es wäre aber ein Wunder, wenn er sich dabei nicht am Kopf verletzen würde.
Mutta olisi ihme, jos hän ei loukkaisi päätään.
Jetzt war nicht der richtige Zeitpunkt, um ein Bewusstseinsverlustrisiko einzugehen.

Nyt ei ollut aika ottaa riskiä tajunnan menettämisestä.

Vielleicht wäre es doch besser, im Bett zu bleiben.

Ehkä olisi sittenkin parempi jäädä sänkyyn.

Doch dann musste er denselben Aufwand betreiben, um zurückzukehren.

Mutta sitten hänen täytyi nähdä sama vaiva päästäkseen takaisin.

Nach all der Mühe lag er da, genau wie zuvor.

Kaiken tuon vaivannäön jälkeen hän makasi siinä aivan kuten ennenkin.

Und nun schienen seine Beine noch wütender zu sein als zuvor.

Ja nyt hänen jalkansa tuntuivat vieläkin kipeämmiltä kuin ennen.

Die Bewegungen seiner Beine waren noch unkontrollierbarer geworden.

Hänen jalkojensa liikkeet olivat muuttuneet entistä hallitsemattomammiksi.

Er sah keinen Ausweg aus seiner Situation.

Hän ei nähnyt mitään keinoa päästä pois tilanteesta, jossa hän oli.

Aus diesem Chaos konnte kein Frieden und keine Ordnung hergestellt werden.

Rauhaa ja järjestystä ei saatu aikaan tästä kaaoksesta.

Aber er wusste, dass auch im Bett zu bleiben keine Option war.

Mutta hän tiesi, ettei sängyssä makaaminen ollut vaihtoehto.

Alles zu opfern war die vernünftigste Option.

Kaiken uhraaminen oli järkevin vaihtoehto.

Er klammerte sich an den kleinsten Hoffnungsschimmer, jemals wieder aufstehen zu können.

Hän piti yllä pienintäkään toivoa päästä sängystä ylös.

Wenn ihm das gelingt, hat sich das ganze Risiko gelohnt.

Jos hän olisi onnistunut tässä, kaikki riski olisi ollut sen arvoista.

Doch gleichzeitig erinnerte er sich auch an etwas anderes.

Mutta samaan aikaan hän muisti myös jotain muuta.

„Besser als verzweifelte Entscheidungen sind ruhige
Überlegungen."
"Parempia kuin epätoivoiset päätökset ovat rauhalliset
pohdinnat."
Mit aller Kraft konzentrierte er seinen Blick auf das Fenster.
Kaikin voimin hän keskitti katseensa ikkunaan.
**Doch was er sah, stimmte ihn wenig zuversichtlich und
erfreute ihn nicht.**
Mutta näkemänsä ei tuonut juurikaan itseluottamusta ja iloa.
Der Morgennebel hüllte die gesamte enge Straße ein.
Aamu-usva peitti koko kapean kadun.
Der Wecker klingelte erneut; es war nun sieben Uhr.
Herätyskello soi taas; nyt kello oli seitsemän.
„Es ist bereits sieben Uhr und es ist immer noch so neblig."
"Kello on jo seitsemän ja on edelleen niin sumuista."
Eine Zeitlang lag er still da und atmete nur schwach.
Hän makasi hetken hiljaa, hengittäen vain heikosti.
**Vielleicht würde etwas Ruhe eine gewisse Normalität
herbeiführen.**
Ehkäpä hiljaisuus toisi jonkinlaista normaaliutta.
**Völliges Schweigen könnte die wahren Zustände
herbeiführen.**
Täydellinen hiljaisuus voisi johtaa todellisiin olosuhteisiin.
**Doch bevor die Uhr erneut schlug, durchbrach er das
Schweigen.**
Mutta ennen kuin kello löi uudelleen, hän rikkoi hiljaisuuden.
Bevor die Uhr wieder schlägt, muss ich aus dem Bett sein.
"Ennen kuin kello lyö uudelleen, minun on päästävä
sängystä."
„Ich muss bis dahin unbedingt komplett aus dem Bett sein."
"Minun täytyy ehdottomasti olla kokonaan poissa sängystä
siihen mennessä."
„Nach Viertel nach sieben schickt das Büro jemanden."
"Varttia kahdeksan jälkeen toimisto lähettää jonkun."
„Weil das Büro vor sieben Uhr öffnete."
"Koska toimisto avattiin ennen seitsemää."

Und nun begann er, seinen Körper aus dem Bett zu
schaukeln.
Ja nyt hän alkoi keinutella vartaloaan ylös sängystä.
Er hatte aufgehört, sich auf seinen Ober- oder Unterkörper
zu konzentrieren.
Hän oli lakannut keskittymästä ylä- tai alavartaloonsa.
Sein ganzer Körper musste aus dem Bett herausragen.
Koko hänen ruumiinsa pituus oli irrotettava sängystä.
Bei einem Sturz in diese Richtung sollte sein Kopf geschützt
sein, dachte er.
Tällä tavalla kaatumisen pitäisi suojata hänen päätään, hän
ajatteli.
Er hatte geplant, den Kopf zu heben, sobald er auf dem
Boden aufschlug.
Hän oli suunnitellut nostavansa päätään maahan osuessaan.
Sein Rücken schien hart genug für den Aufprall zu sein.
Hänen selkänsä tuntui tarpeeksi kovalta iskulle.
Und der Teppich diente dazu, die Landung abzufedern.
Ja matto oli siellä pehmentämässä laskeutumista.
Seine größte Sorge galt jedoch dem Lärm.
Hänen suurin huolenaiheensa oli kuitenkin kova melu.
Das krachende Geräusch würde alle im Haus erschrecken.
Räjähdyksen ääni pelottaisi kaikki talossa olevat.
Vielleicht hätten sie keine Angst vor dem lauten Lärm.
Ehkä he eivät pelästyisi kovaa melua.
Aber sie wären mit Sicherheit besorgt, wenn sie davon
hörten.
Mutta he varmasti huolestuisivat, jos kuulisivat.
Man musste aber das Risiko eingehen, Aufmerksamkeit zu
erregen.
Mutta huomion herättämisen riski oli otettava.
Die neue Methode war eher ein Spiel als eine Anstrengung.
Uusi menetelmä oli enemmänkin peli kuin ponnistus.
Er musste seinen Körper in plötzlichen und ruckartigen
Bewegungen hin und her wiegen.
Hänen täytyi keinutella vartaloaan äkillisillä ja nykivillä
liikkeillä.

Gregor war schon halb aus dem Bett aufgestanden.
Gregor oli jo puoliksi noussut sängystä.
Nun kam ihm gerade ein neuer Gedanke.
Nyt hänelle juolahti mieleen uusi ajatus.
„Es wäre alles so einfach, wenn mir jemand zu Hilfe käme."
"Kaikki olisi niin helppoa, jos joku tulisi avukseni."
„Zwei kräftige Personen würden völlig ausreichen."
"Kaksi vahvaa ihmistä riittäisi täysin."
Sein Vater und das Dienstmädchen wären stark genug.
Hänen isänsä ja palvelijatar olisivat tarpeeksi vahvoja.
Sie müssten nur ihre Arme unter seinen Rücken schieben.
Heidän täytyisi vain liu'uttaa kätensä hänen selkänsä alle.
Und dann könnten sie ihn ganz leicht aus dem Bett ziehen.
Ja sitten he voisivat helposti repiä hänet sängystä.
Vielleicht hätten sie sein Gewicht langsam reduzieren
müssen.
Ehkä heidän olisi pitänyt hitaasti pudottaa hänen painoaan.
Hoffentlich hätten die Beine dann ihren Zweck gefunden.
Toivottavasti jalat olisivat sitten löytäneet tarkoituksensa.
Wäre es nicht letztendlich besser, um Hilfe zu rufen?
"Eikö olisi sittenkin parempi huutaa apua?"
Das Problem war natürlich, dass er die Türen abgeschlossen
hatte.
Ongelmana oli tietenkin se, että hän oli lukinnut ovet.
Irgendwie hatte der Gedanke etwas, das ihn amüsierte.
Ajatuksessa oli jotakin, mikä kutitti häntä.
Und trotz seiner Notlage konnte er sich ein Lächeln nicht
verkneifen.
Ja vaikeuksistaan huolimatta hän ei pystynyt pidättelemään
hymyä.
Er war schon kurz davor, das Gleichgewicht zu verlieren.
Hän oli jo lähellä tasapainonsa menettämistä.
Mit jedem Schwung kam er dem Umkippen vom Bett näher.
Jokainen keinu toi hänet lähemmäksi sängystä kaatumista.
Bald musste er die endgültige Entscheidung treffen.
Pian hänen oli tehtävä lopullinen päätös.
In fünf Minuten würde es Viertel nach sieben sein.

Viiden minuutin kuluttua kello olisi varttia yli seitsemän.
Während er diesen Gedanken nachging, klingelte es an der Tür.
Hänen miettiessään näitä ajatuksia ovikello soi.
„Das ist jemand aus dem Büro", sagte er zu sich selbst.
"Tuo on joku toimistolta", hän sanoi itsekseen.
Und er erstarrte fast vor Angst angesichts des Besuchers.
Ja hän melkein jähmettyi pelosta vierailijan vuoksi.
Seine Beine tanzten noch wilder als zuvor.
Hänen jalkansa tanssivat entistäkin villimmin.
Doch dann herrschte einen Moment lang Stille.
Mutta sitten, hetken, kaikki pysyi hiljaisena.
„Sie werden die Tür nicht öffnen", sagte Gregor zu sich selbst.
"He eivät avaa ovea", Gregor sanoi itsekseen.
Er war noch immer einer sinnlosen Hoffnung verfallen.
Hän oli yhä jonkin järjettömän toivon vallassa.
Doch dann ging das Dienstmädchen natürlich zur Tür.
Mutta sitten, tietenkin, palvelija käveli ovelle.
Und wie immer öffnete sie dem Besucher die Tür.
Ja kuten aina, hän avasi oven vieraalle.
Gregor brauchte nur die erste Begrüßung des Besuchers zu hören.
Gregorin tarvitsi vain kuulla vieraan ensimmäinen tervehdys.
Er konnte sofort erkennen, wer ihn gesucht hatte.
Hän tiesi heti, kuka oli tullut hakemaan häntä.
Der Hauptschreiber selbst war gekommen, um nach Samsa zu sehen.
Pääkirjuri oli itse tullut tarkistamaan Samsan vointia.
Warum war Gregor der Einzige, der zu diesem Schicksal verurteilt wurde?
Miksi Gregor oli ainoa, joka oli tuomittu tähän kohtaloon?
Warum musste ausgerechnet er in einer solchen Organisation dienen?
Miksi vain hänen täytyi palvella tuollaisessa organisaatiossa?
Das geringste Versehen weckte sofort Misstrauen.
Pieninkin huolimattomuus herätti heti epäilyksiä.

Waren alle Angestellten, die dort arbeiteten, Schurken?
Olivatko kaikki siellä työskennelleet lurjuksia?
Gab es denn keinen treuen und ergebenen Menschen unter ihnen?
Eikö heidän joukossaan ollut ketään uskollista ja omistautunutta?
Hätten sie nicht einfach einen Lehrling schicken können?
Eivätkö he olisi voineet vain lähettää oppipoikaa?
War diese ganze Infragestellung überhaupt notwendig?
Oliko tämä kyseenalaistaminen edes ollenkaan tarpeellista?
Musste der Bevollmächtigte persönlich erscheinen?
Pitikö valtuutetun edustajan tulla itse paikalle?
Musste wirklich die gesamte unschuldige Familie informiert werden?
Pitikö koko viattoman perheen saada tieto?
All diese Überlegungen veranlassten Gregor zum Handeln.
Kaikki nämä seikat saivat Gregorin toimimaan.
Er schwang sich mit aller Kraft aus dem Bett.
Hän nousi sängystä kaikin voimin.
Es gab einen lauten Knall, aber es war eigentlich kein richtiges Geräusch.
Kuului kova pamaus, mutta se ei oikeastaan ollut mikään ääni.
Der Fall wurde durch den Teppich etwas abgemildert.
Matto oli hieman pehmentänyt pudotusta.
Sein Rücken war elastischer, als Gregor angenommen hatte.
Hänen selkänsä oli joustavampi kuin Gregor oli luullut.
Der Klang war also dumpfer und nicht so auffällig.
Joten ääni oli tylsempi eikä niin havaittava.
Doch er hatte seinen Kopf während des Sturzes nicht geschützt.
Mutta hän ei ollut pitänyt huolta päästään kaatumisen aikana.
Und als er auf den Boden aufschlug, schlug er auch mit dem Kopf auf.
Ja maahan kaatuessaan hän löi myös päänsä.
Er rieb sich vor Wut und Schmerz den Kopf am Teppich.
Hän hieroi päätään mattoon vihaisena ja tuskaisena.

Der Manager im Nachbarzimmer hörte jedoch den Lärm.

Mutta viereisen huoneen johtaja kuuli äänen.

„Da ist etwas hineingefallen", stellte er richtig fest.

"Jokin putosi sinne", hän totesi aivan oikein.

Gregor versuchte, sich den Manager in seine Lage zu versetzen.

Gregor yritti kuvitella johtajaa hänen asemassaan.

„Könnte ihm dasselbe passieren?", fragte er sich.

"Voisiko hänelle tapahtua sama?" hän mietti.

Er akzeptierte, dass dieses seltsame Ereignis möglich sein könnte.

Hän hyväksyi, että tämä outo tapahtuma voisi olla mahdollinen.

Und dann ging der Hauptsekretär ein paar Schritte in den Raum.

Ja sitten virkailija otti muutaman askeleen huoneeseen.

Es war fast schon eine plumpe Antwort auf seine Frage.

Se oli lähes tyly vastaus hänen esittämäänsä kysymykseen.

Seine Lederstiefel knarrten, als er sich der Tür näherte.

Hänen nahkasaappaansa narisivat hänen lähestyessään ovea.

Aus dem Zimmer zu seiner Rechten flüsterte ihm seine Magd zu.

Hänen palvelijattarensa kuiskasi hänelle oikealla puolellaan olevasta huoneesta.

„Gregor, der Bevollmächtigte, ist hier."

"Gregor, valtuutettu edustaja on täällä."

„Ich weiß", sagte Gregor, aber nur leise zu sich selbst.

"Tiedän", Gregor sanoi, mutta vain hiljaa itsekseen.

Er wagte es nicht, seine Stimme lauter als ein Flüstern zu erheben.

Hän ei uskaltanut korottaa ääntään kuiskauksen yläpuolelle.

Weil Gregor nicht wollte, dass seine Schwester ihn hörte.

Koska Gregor ei halunnut sisarensa kuulevan häntä.

„Gregor", sagte der Vater aus dem Zimmer links.

– Gregor, sanoi isä vasemmalla olevasta huoneesta.

Der Manager ist gekommen, um nach dem Rechten zu sehen.

"Johtaja tuli tarkistamaan, mikä hätänä on."
„Er fragte, warum du nicht den frühen Zug genommen hast."
"Hän kysyi, miksi et lähtenyt aikaisella junalla."
„Wir wissen nicht, was wir ihm sagen sollen", sagte der Vater.
"Emme tiedä, mitä sanoisimme hänelle", isä sanoi.
„Übrigens möchte er auch persönlich mit Ihnen sprechen."
"Muuten, hän haluaa myös puhua kanssasi henkilökohtaisesti."
„Bitte öffnen Sie die Tür, damit er mit Ihnen sprechen kann."
"Avaa ovi, jotta hän voi puhua kanssasi."
„Er wird so freundlich sein, das Chaos im Zimmer zu entschuldigen."
"Hän on kyllä niin ystävällinen, että antaa anteeksi sotku huoneessa."
"Guten Morgen, Herr Samsa", rief ihm der Manager zu.
"Hyvää huomenta, herra Samsa", johtaja huusi hänelle.
Und er sprach ganz gewiss in freundlicher Weise mit ihm.
Ja hän todellakin puhui hänelle ystävällisesti.
„Es geht ihm nicht gut", sagte die Mutter zum Manager.
"Hän ei voi hyvin", äiti sanoi johtajalle.
„Es geht ihm überhaupt nicht gut, glauben Sie mir, lieber Manager."
"Hän ei voi ollenkaan hyvin, uskokaa minua, rakas johtaja."
"Warum sonst sollte Gregor den Morgenzug verpassen?"
"Miksi muuten Gregor olisi myöhästynyt aamujunasta?"
„Der Junge hat nichts anderes im Kopf als das Geschäft."
"Pojalla ei ole mitään muuta mielessään kuin työ."
„Es ärgert mich fast, dass er nichts anderes tut."
"Minua melkein ärsyttää, ettei hän tee mitään muuta."
„Ich wünschte, er würde abends an die frische Luft gehen."
"Toivon, että hän menisi iltaisin ulos raittiiseen ilmaan."
„Er war acht Tage geschäftlich in der Stadt."
"Hän oli kaupungissa kahdeksan päivää työasioissa."
„Aber er war ja jeden dieser Abende zu Hause."

"Mutta sitten hän oli kotona joka noina iltoina"
„Er sitzt an unserem Tisch und liest die Zeitung."
"Hän istuu pöydässämme ja lukee lehteä."
„Manchmal studiert er auch die Fahrpläne der Züge."
"Muina aikoina hän tutkii junien aikatauluja."
„Manchmal beschäftigt er sich mit Tischlerarbeiten."
"Joskus hän kyllä pitää itsensä kiireisenä puusepäntöillä."
„Zum Beispiel schnitzte er einen kleinen Bilderrahmen aus Holz."
"Esimerkiksi hän veisti pienen puisen valokuvakehyksen."
„An zwei oder drei Abenden war er mit der Säge beschäftigt."
"Hän oli sahan kanssa kiireinen kahden tai kolmen illan ajan."
„Sie werden staunen, wie hübsch der Bilderrahmen ist."
"Tulet hämmästymään, kuinka kaunis tuo taulunkehys on."
„Er hat den Bilderrahmen in seinem Zimmer aufgehängt."
"Hän on ripustanut taulunkehyksen huoneeseensa."
„Wenn er die Tür öffnet, werden Sie seine Holzarbeiten sehen."
"Kun hän avaa oven, näet hänen puutyönsä."
„Übrigens freut es mich, dass Sie hier sind, Herr Prokurist."
"Muuten, olen iloinen, että olette täällä, herra Prokurist."
„Wir allein hätten Gregor nicht dazu bringen können, die Tür zu öffnen."
"Me emme yksin olisi voineet saada Gregoria avaamaan ovea."
„Er ist so stur", gestand seine Mutter dem Angestellten.
"Hän on niin itsepäinen", hänen äitinsä tunnusti virkailijalle.
„Er ist ganz sicher krank, obwohl er das vorher bestritten hat."
"Hän on varmasti sairas, vaikka hän on sen aiemmin kiistänytkin."
„Ich komme gleich", sagte Gregor langsam und bedächtig.
– Tulen heti, Gregor sanoi hitaasti ja varovasti.
Doch er machte keine Anstalten, sich der Tür des Zimmers zuzuwenden.
Mutta hän ei liikkunut huoneen ovea kohti.
Er wollte kein Wort des Gesprächs verpassen.

Hän ei halunnut menettää keskustelusta sanaakaan.

Der Hauptsekretär stimmte der Einschätzung der Mutter zu.

Ylitarkastaja oli äidin arvion kanssa samaa mieltä.

"Ich kann es Ihnen auch nicht anders erklären, Madam."

"En minäkään osaa selittää sitä muuten, rouva."

„Hoffen wir alle, dass er keine schwere Krankheit hat", sagte er.

"Toivotaan kaikki, ettei hänellä ole vakavaa sairautta", hän sanoi.

„Andererseits stellt es eine Gefahr in unserer Branche dar."

"Toisaalta se on vaaratekijä alallamme."

„Wir Geschäftsleute müssen oft Unannehmlichkeiten überwinden."

"Meidän liikemiesten on usein voitettava epämukavuutta."

„Profis müssen leichte Schmerzen einfach aushalten."

"Ammattilaisten täytyy vain kestää pieniä vaikeuksia."

Währenddessen klopfte sein Vater erneut an die andere Tür.

Samaan aikaan hänen isänsä koputti taas toiseen oveen.

„Kann der Hauptsekretär jetzt hereinkommen?", wollte er wissen.

"Voiko virkailija tulla nyt sisään?" hän halusi tietää.

"Nein, das kann er nicht", antwortete Gregor auf die Frage seines Vaters.

– Ei, hän ei voi, vastasi Gregor isänsä kysymykseen.

Im Raum links von uns herrschte betretenes Schweigen.

Vasemmalla puolella olevaan huoneeseen laskeutui kiusallinen hiljaisuus.

Im Zimmer rechts begann die Schwester zu schluchzen.

Oikeanpuoleisessa huoneessa sisar alkoi nyyhkyttää.

Warum war die Schwester nicht zu den anderen gegangen?

Miksi sisar ei ollut mennyt muiden luo?

Sie war wahrscheinlich gerade erst aufgestanden, dachte er.

Hän oli luultavasti juuri noussut sängystä, hän ajatteli.

Vielleicht hatte sie noch gar nicht angefangen, sich anzuziehen.

Hän ei ehkä ollut edes alkanut pukea vielä.

Gregor aber verstand nicht, warum sie weinte.

Mutta Gregor ei ymmärtänyt, miksi hän itki.

Lag es daran, dass er nicht aufgestanden war und den Manager hereingelassen hatte?

Johtuiko se siitä, ettei hän noussut ylös ja päästänyt johtajaa sisään?

Lag es daran, dass er Gefahr lief, seinen Job zu verlieren?

Johtuiko se siitä, että hän oli vaarassa menettää työpaikkansa?

Könnte der Chef wie früher gegen die Eltern vorgehen?

Voisiko pomo tulla vanhempien kimppuun kuten ennenkin?

Würde er seine alten Forderungen an sie wiederholen?

Aikoiko hän esittää heille taas vanhat vaatimuksensa?

Diese Dinge waren wahrscheinlich unnötig.

Näistä asioista ei luultavasti olisi tarvinnut olla huolissaan.

Im Moment hatte sie keinen Grund zu weinen.

Sillä hetkellä hänellä ei ollut mitään syytä itkeä.

Gregor war noch da und sorgte für seine Familie.

Gregor oli yhä täällä elättämässä perhettään.

Und er hatte nie die Absicht, die Familie zu verlassen.

Eikä hänellä ollut koskaan aikomustakaan jättää perhettä.

Im Moment lag er einfach nur da auf dem Teppich.

Toistaiseksi hän vain makasi matolla.

Die Familie wusste nichts von seinem Zustand.

Perhe ei tiennyt, missä kunnossa hän oli.

Hätten sie das gewusst, hätten sie seinen Chef nicht ermutigt.

Jos he olisivat tienneet, he eivät olisi kannustaneet hänen pomoaan.

Sie hätten nicht einmal den Manager ins Haus gelassen.

He eivät olisi edes päästäneet johtajaa sisälle taloon.

Ihn abzuweisen wäre nicht besonders unhöflich gewesen.

Hänen käännyttäminen pois ei olisi ollut erityisen töykeää.

Er hätte später problemlos eine passende Ausrede finden können.

Hän olisi helposti voinut keksiä sopivan tekosyyn myöhemmin.

Dafür hätte er nicht entlassen werden können.

Se ei ollut asia, josta hänet olisi voitu potkia.

Gregor war der Ansicht, dass es jetzt vernünftiger wäre, allein gelassen zu werden.
Gregorista tuntui järkevämmältä jäädä nyt rauhaan.
Ihn durch Weinen und Reden zu stören, brachte wenig.
Hänen häiritsemisensä itkemällä ja puhumalla ei juurikaan auttanut.
Doch die anderen beunruhigte die Ungewissheit.
Mutta epävarmuus oli se, mikä muita vaivasi.
Und genau diese Unsicherheit entschuldigte ihr Verhalten.
Ja juuri tämä epävarmuus puolusteli heidän käytöstään.
„Herr Samsa!", rief der Manager mit erhobener Stimme.
– Herra Samsa, johtaja huusi korotetulla äänellä.
„Was ist los mit dir?", wollte er wissen.
"Mikä sinulle kuuluu?" hän halusi tietää.
„Du hast dich in deinem Zimmer verbarrikadiert."
"Olet barrikadoinut itsesi huoneeseesi."
„Sie antworten nur mit ‚Ja' oder ‚Nein'."
"Vastaat vain joko kyllä tai ei."
„Du bereitest deinen Eltern große Sorgen."
"Aiheutat vanhemmillesi todella paljon huolta."
„Ich sehe keinen guten Grund, warum Sie sie beunruhigen sollten."
"En näe mitään hyvää syytä, miksi pitäisit heitä huolestuttaa."
„Es gibt da noch eine Sache, die ich nebenbei erwähnen möchte."
"Mainitsen ohimennen vielä yhden asian."
„Sie vernachlässigen auch Ihre geschäftlichen Pflichten uns gegenüber."
"Laimit myös velvollisuutesi meitä kohtaan."
„Eine solche Verantwortungslosigkeit entspricht so gar nicht Ihrem Charakter."
"Tuollainen vastuuttomuus on täysin luonteesi vastaista."
„Ich spreche hier im Namen Ihrer Eltern und Ihres Chefs."
"Puhun tässä vanhempiesi ja pomosi puolesta."
„Und ich bitte Sie um eine sofortige und klare Erklärung."
"Ja pyydän teiltä välitöntä ja selkeää selitystä."
„Das Ganze erstaunt mich wirklich, das muss ich sagen."

"Tämä koko juttu todella hämmästyttää minua, täytyy sanoa."
„Ich dachte, ich kenne dich als ruhigen und vernünftigen Menschen."
"Luulin tuntevani sinut rauhallisena ja järkevänä ihmisenä."
„Aber jetzt zeigst du uns eine andere Seite von dir."
"Mutta nyt näytät meille itsestäsi toisen puolen."
„Plötzlich zeigst du deine ganz eigenen Launen."
"Yhtäkkiä alat paljastaa hyvin omituisia oikkujasi."
„Aber es könnte eine Erklärung für Ihr Scheitern geben."
"Mutta epäonnistumisellesi saattaa olla selitys."
„Der Chef erwähnte eine Forderung, die Sie für uns eingetrieben hatten."
"Pomo mainitsi velan, jonka olit meille perinyt."
"Ich habe dem Chef in Ihrem Namen mein Ehrenwort gegeben."
"Annoin pomolle kunniasanani puolestasi."
„Aber jetzt sehe ich deine unverständliche Sturheit."
"Mutta nyt näen käsittämättömän itsepäisyytesi."
"Vielleicht verliere ich auch noch jegliche Lust, dir überhaupt zu helfen."
"Saatan silti menettää kaiken haluni auttaa sinua."
„Ihre Arbeitsplatzsicherheit ist keineswegs völlig stabil."
"Työsuhteesi turva ei ole missään nimessä täysin vakaa."
„Eigentlich wollte ich euch das alles unter vier Augen erzählen."
"Aioin alun perin kertoa tämän kaiken sinulle kahden kesken."
„Aber jetzt sehe ich, dass Sie wollen, dass ich hier meine Zeit verschwende."
"Mutta nyt näen, että haluat minun tuhlaavan aikaani täällä."
„Ich sehe also keinen Grund, warum deine Eltern das nicht wissen sollten."
"Joten en näe mitään syytä, miksi vanhempasi eivät tietäisi."
„Ihre Leistungen in letzter Zeit waren nicht zufriedenstellend."
"Viimeaikainen suorituksesi ei ole ollut tyydyttävä."
„Ich räume ein, dass die Verkäufe zu dieser Jahreszeit langsamer laufen."

"Myönnän, että myynti on tähän aikaan vuodesta hitaampaa."
„Aber es gibt keine Jahreszeit, in der es keine Verkäufe gibt."
"Mutta ei ole vuodenaikaa, jolloin ei olisi myyntiä."
Für einen Moment vergaß Gregor alles um sich herum.
Hetken Gregor unohti kaiken ympärillään.
„Aber Herr Prokurist!", rief Gregor verzweifelt aus.
"Mutta herra Prokurist!" Gregor huudahti epätoivoisena.
"Ich öffne die Tür sofort, jetzt gleich, keine Sorge."
"Avaan oven heti, ihan kohta, älä huoli."
„Das Problem ist, dass ich mich ziemlich unwohl fühle."
"Ongelmana on, että minulla on ollut todella huono olo."
„Mir war schwindelig, deshalb konnte ich die Tür nicht erreichen."
"Huimaukseni esti minua pääsemästä ovelle."
„Ich liege zwar noch im Bett, aber es geht mir schon viel besser."
"Makaan vielä sängyssä, mutta voin paljon paremmin."
"Einen Moment bitte, ich stehe gerade erst auf."
"Hetkinen, olkaa hyvä, nousen juuri sängystä."
"Einen Moment Geduld, Herr Prokurist, ist alles, worum ich bitte."
"Hetken kärsivällisyyttä pyydän vain, herra Prokurist."
„Es läuft nicht so gut, wie ich dachte, aber ich werde es schon schaffen."
"Ei se mene niin hyvin kuin luulin, mutta kyllä minä pärjään."
"Wie kann so etwas einem Menschen so schnell passieren?"
"Miten ihmiselle voi tapahtua jotain noin nopeasti?"
„Mir ging es gestern Abend gut, das wissen meine Eltern."
"Voin hyvin eilen illalla, vanhempani tietävät sen."
„Aber vielleicht hatte ich damals schon eine kleine Vorahnung."
"Mutta ehkä minulla oli jo silloin pieni aavistus."
„Man könnte sich fragen, warum ich es nicht im Büro gemeldet habe."
"Saatat kysyä, miksi en ilmoittanut siitä toimistolle."

„Ich dachte, ich würde mich morgen früh wieder viel besser fühlen."

"Luulin, että aamulla olisi taas paljon parempi olo."

„Man denkt immer, dass sie die Krankheit bis dahin besiegt haben werden."

"Aina ajatellaan, että tauti on siihen mennessä selätetty."

„Aber bitte! Verschonen Sie meine Eltern vor diesen Anschuldigungen!"

"Mutta olkaa hyvä! Säästäkää vanhempani näiltä syytöksiltä!"

„Mir wurde kein Wort von dem erzählt, was Sie mir erzählt haben."

"Minulle ei ole kerrottu sanaakaan siitä, mitä sinä minulle kerroit."

„Sie haben möglicherweise die letzten von mir versandten Befehle nicht gelesen."

"Et ehkä ole lukenut viimeisimpiä lähettämiäni määräyksiä."

„Übrigens, du brauchst dir heute keine Sorgen um mich zu machen."

"Muuten, sinun ei tarvitse huolehtia minusta tänään."

„Ich werde trotzdem den Zug um acht Uhr nehmen."

"Aion silti mennä kahdeksan junalla."

„Die wenigen Stunden Ruhe haben mich ausreichend gestärkt."

"Muutamat lepotunnit ovat vahvistaneet minua tarpeeksi."

"Sie müssen wirklich nicht warten, Manager."

"Teidän ei todellakaan tarvitse odottaa, johtaja."

„Auch ich werde schon bald im Büro sein."

"Minäkin olen pian itse toimistolla."

"Und bitte seien Sie so freundlich, ein gutes Wort für mich einzulegen."

"Ja olkaa niin ystävällisiä ja sanokaa hyvät sanat puolestani."

Gregor hatte seine Erklärung recht hastig vorgetragen.

Gregor oli esittänyt selityksensä melko hätäisesti.

Er wusste selbst kaum, was er eigentlich sagen wollte.

Hän tuskin tiesi, mitä hän oikeastaan yritti sanoa.

Er ging zu der Kiste und versuchte, sich daran hochzuziehen.

Hän meni laatikon luo ja yritti nousta sitä käyttäen ylös.
Er hatte wirklich die feste Absicht, die Tür zu öffnen.
Hänellä oli todellakin täysi aikomus avata ovi.
Er wollte vom Bevollmächtigten empfangen werden.
Hän halusi tulla valtuutetun edustajan nähdyksi.
Und er wollte das Problem persönlich mit ihm lösen.
Ja hän halusi ratkaista ongelman hänen kanssaan
henkilökohtaisesti.
**Er war gespannt darauf, wie die anderen auf ihn reagieren
würden.**
Hän oli innokas tietämään, miten muut reagoisivat häneen.
**Sie sind bestimmt inzwischen auch gespannt darauf, wie es
ihm geht.**
Heidän täytyy nyt myös olla innokkaita näkemään, miten hän
voi.
**Es gab zwei mögliche Arten, wie sie auf ihn reagieren
konnten.**
Heillä oli kaksi mahdollista tapaa reagoida häneen.
Eine Möglichkeit war, dass sie Angst bekommen würden.
Yksi mahdollisuus oli, että he pelästyisivät.
Wenn sie Angst hatten, dann trug er keine Verantwortung.
Jos he olivat peloissaan, hänellä ei ollut vastuuta.
**Und dann müsste er sich keine Sorgen mehr um die
Situation machen.**
Eikä hänen sitten tarvitsisi huolehtia tilanteesta.
**Es gab aber auch noch eine andere Möglichkeit, die man in
Betracht ziehen musste.**
Mutta oli myös toinen mahdollisuus, jota voisi miettiä.
**Vielleicht würden sie ihn so, wie er war, einfach
hinnehmen.**
Ehkä he tyynesti hyväksyisivät hänet sellaisena kuin hän on.
Dann hätte auch Gregor keinen Grund, sich aufzuregen.
Silloin Gregorillakaan ei olisi mitään syytä suuttua.
Es bliebe noch genügend Zeit, den Zug zu erreichen.
Aikaa junaan olisi vielä riittävästi.
Das Aufrechtstehen war jedoch alles andere als einfach.

Pysyminen pystyssä ei kuitenkaan ollut mitenkään helppo tehtävä.

Bei seinen ersten Versuchen rutschte er von der Kiste ab.

Muutamalla ensimmäisellä yrityksellä hän lipsahti laatikolta.

Die Kiste war zu glatt, als dass er sich dagegen stemmen konnte.

Laatikko oli liian sileä, jotta hän olisi pysynyt sitä vasten.

Und schließlich gab er sich noch einen letzten Anstoß, um aufzustehen.

Ja lopulta hän antoi itselleen viimeisen ponnistuksen nousta seisomaan.

Er schenkte den Schmerzen in seinem Bauch keine Beachtung mehr.

Hän ei enää kiinnittänyt huomiota vatsakipuunsa.

Egal wie groß der Schmerz sein würde, er würde es durchstehen.

Olipa tuska kuinka suuri tahansa, hän selviäisi siitä.

Er ließ sich gegen die Lehne eines nahegelegenen Stuhls fallen.

Hän antoi itsensä kaatua lähellä olevan tuolin selkänojaa vasten.

Und er hielt sich mit seinen kleinen Beinchen am Rand fest.

Ja hän piti kiinni reunoista pienillä jaloillaan.

Zu diesem Zeitpunkt hatte er sich besser im Griff.

Tässä vaiheessa hän oli saanut itsehillinnän paremmin.

Und sein Fall war stiller als der vorherige.

Ja hänen putoamisensa oli edellistä hiljaisempi.

Weil er dem Manager zuhören musste.

Koska hänen oli pakko kuunnella, mitä johtaja sanoi.

„Habt ihr irgendetwas davon verstanden?", fragte er die Eltern.

"Ymmärsitkö tästä mitään?" hän kysyi vanhemmilta.

"Er würde uns doch nicht zum Narren halten, oder?"

"Eihän hän tekisi meistä pilkkaa, vai mitä?"

„Um Gottes Willen!", rief die Mutter und weinte bereits.

"Jumalan tähden", äiti huusi jo itkien.

„Er könnte schwer krank sein und wir quälen ihn."

"Hän saattaa olla vakavasti sairas ja me kidutamme häntä."

"Grete! Grete!", schrie sie ihrer Tochter zu.

"Grete! Grete!" hän huusi tyttärelleen.

„Mutter?", rief die Schwester von der anderen Seite.

"Äiti?" sisko huusi toiselta puolelta.

Dann kommunizierten sie durch Gregors Zimmer.

Sitten he kommunikoivat Gregorin huoneen kautta.

„Gregor ist sehr krank und braucht Medikamente."

"Gregor on hyvin sairas ja hän tarvitsee lääkkeitä."

„Sie müssen sofort zum Arzt gehen."

"Sinun täytyy mennä lääkäriin heti."

Hast du gehört, wie Gregor eben gesprochen hat?

"Kuulitko, miten Gregor juuri puhui?"

„Das war die Stimme eines Tieres", sagte der Manager.

"Se oli eläimen ääni", sanoi johtaja.

Seine Worte waren leise im Vergleich zu den Schreien der Mutter.

Hänen sanansa olivat hiljaisia verrattuna äidin huutoihin.

"Anna! Anna!", rief der Vater durch das Vorzimmer.

"Anna! Anna!" isä huusi eteisestä.

Und er klatschte in die Hände, um ihre Aufmerksamkeit zu erregen.

Ja hän taputti käsiään saadakseen heidän huomionsa.

"Holt sofort einen Schlüsseldienst!", befahl er dem Dienstmädchen.

"Hae lukkoseppä heti!" hän käski piikaa.

Die Mädchen rannten in ihren Röcken durch das Vorzimmer.

Tytöt juoksivat hameissaan eteisen läpi.

Und ihre Röcke raschelten, als sie an seinem Zimmer vorbeiliefen.

Ja heidän hameensa kahisivat heidän juostessaan hänen huoneensa ohi.

„Wie konnte sich die Schwester so schnell anziehen?", dachte er.

"Miten sisko pukeutui niin nopeasti?" hän ajatteli.

Die Tür war aufgerissen, aber nicht zugeschlagen.

Ovi revittiin auki, mutta sitä ei paiskautettu kiinni.

Dies kommt häufig in Haushalten vor, in denen ein großes Unglück geschieht.

Tämä on yleistä kodeissa, joissa tapahtuu suuri onnettomuus.

All das hatte Gregor jedoch deutlich ruhiger gemacht.

Mutta kaikki tämä oli tehnyt Gregorista paljon rauhallisemman.

Als er seine eigenen Worte hörte, erschienen sie ihm klar.

Kun hän kuuli omat sanansa, ne tuntuivat hänelle selkeiltä.

Tatsächlich war er der Ansicht, seine Worte seien eigentlich klarer gewesen.

Itse asiassa hänestä tuntui, että hänen sanansa olivat olleet selkeämpiä.

Die anderen aber verstanden nicht mehr, was er sagte.

Mutta muut eivät enää ymmärtäneet, mitä hän sanoi.

Vielleicht hatte er sich inzwischen an seine Ohren gewöhnt.

Ehkä hän oli nyt tottunut korviinsa.

Aber zumindest verstanden sie seine Situation jetzt besser.

Mutta ainakin he ymmärsivät nyt hänen tilanteensa paremmin.

Sie erkannten, dass mit ihm tatsächlich etwas nicht stimmte.

He tajusivat, että hänessä oli todellakin jotain vikaa.

Und sie taten nun alles, was sie konnten, um ihm zu helfen.

Ja nyt he tekivät kaikkensa auttaakseen häntä.

Dies gab Gregor ein Gefühl des Selbstvertrauens, das ihm gefehlt hatte.

Tämä antoi Gregorille itseluottamuksen tunteen, jota häneltä puuttui.

Und er fühlte sich in der Familie wieder viel sicherer.

Ja hän tunsi olonsa taas paljon turvallisemmaksi perheen sisällä.

Er hatte das Gefühl, wieder in den menschlichen Kreis aufgenommen zu sein.

Hän tunsi olevansa jälleen osa ihmiskuntaa.

Nun musste er hoffen, dass der Schlüsseldienst die Tür öffnen konnte.

Nyt hänen täytyi toivoa, että lukkoseppä saisi oven auki.

Und er hoffte, der Arzt könne solche Aufgaben ausführen.
Ja hän toivoi, että lääkäri pystyisi suorittamaan sellaisia
tehtäviä.
Er würde bald wieder mehr reden müssen.
Hänen täytyisi pian taas puhua lisää.
Seine Stimme musste so klar wie möglich sein.
Hänen äänensä piti olla mahdollisimman selkeä.
Zur Vorbereitung auf das Treffen räusperte er sich.
Valmistautuakseen kokoukseen hän selvitti kurkkunsa.
Er bemühte sich jedoch, nur sehr leise zu husten.
Hän kuitenkin yritti parhaansa mukaan yskiä vain hyvin
hiljaa.
**Das Geräusch klang möglicherweise anders als ein
menschlicher Husten.**
Ääni on saattanut kuulostaa erilaiselta kuin ihmisen yskä.
**Er wusste, dass er solche Dinge nicht mehr unterscheiden
konnte.**
Hän tiesi, ettei pystynyt enää erottamaan sellaisia asioita
toisistaan.
Im Nebenzimmer war es vollkommen still geworden.
Viereisessä huoneessa oli tullut täysin hiljaista.
Die Eltern saßen wahrscheinlich am Tisch.
Vanhemmat luultavasti istuivat pöydässä.
Möglicherweise flüsterten sie mit dem Manager.
He ovat ehkä kuiskineet johtajan kanssa.
Vielleicht lehnten alle an der Tür und lauschten.
Ehkä kaikki nojasivat oveen ja kuuntelivat.
Gregor schob den Stuhl langsam in Richtung Tür.
Gregor työnsi tuolia hitaasti ovea kohti.
Er stemmte sich gegen die Tür und hielt sich aufrecht.
Hän työnsi ovea vasten ja nousi pystyyn.
**Er stellte fest, dass sich an seinen Fußsohlen ein wenig
Klebstoff befand.**
Hän sai tietää, että hänen jalkapohjiensa tyynyissä oli hieman
liimaa.
**Und er ruhte sich dort einen Moment lang von der
Anstrengung aus.**

Ja hän lepäsi siinä hetken ponnisteluista.
Nachdem er sich ausreichend ausgeruht hatte, begann er mit der nächsten Aufgabe.
Levättyään tarpeeksi hän aloitti seuraavan tehtävän.
Er begann, den Schlüssel mit dem Mund im Schloss zu drehen.
Hän alkoi kääntää avainta lukossa suullaan.
Leider schien er gar keine Zähne zu haben.
Valitettavasti näytti siltä, ettei hänellä ollut varsinaisia hampaita.
Aber welche andere Möglichkeit hätte er gehabt, an die Schlüssel zu gelangen?
Mutta millä muulla tavalla hän olisi voinut saada avaimet?
Zum Glück für ihn waren seine Kiefer natürlich sehr kräftig.
Onneksi hänen leukansa olivat tietenkin erittäin vahvat.
Mit Hilfe seiner Kiefermuskeln brachte er den Schlüssel tatsächlich in Bewegung.
Leukojensa avulla hän sai avaimen todella liikkeelle.
Er hatte keinen Zweifel daran, dass er sich damit auch selbst schadete.
Hänellä ei ollut epäilystäkään siitä, etteikö hän itsekin olisi vahingoittanut itseään.
Weil eine braune Flüssigkeit aus seinem Mund kam.
Koska hänen suustaan tuli ulos ruskeaa nestettä.
Die braune Flüssigkeit ergoss sich über den Schlüssel und die Tür hinunter.
Ruskea neste valui avaimen yli ja ovea pitkin alas.
Aber Gregor kümmerte es nicht, dass er sich selbst schadete.
Mutta Gregoria ei kiinnostanut, että hän vahingoitti itseään.
„Können Sie das hören?", fragte der Manager im Nebenraum.
"Kuuletteko tuota?" sanoi johtaja viereisestä huoneesta.
„Er dreht den Schlüssel um", hatte der Manager bemerkt.
"Hän kääntää avainta", johtaja oli huomannut.
Diese Worte waren eine große Ermutigung für Gregor.
Nämä sanat olivat Gregorille suuri rohkaisu.
Aber auch Vater und Mutter hätten rufen sollen:

Mutta isän ja äidinkin olisi pitänyt huutaa:

„Gut gemacht, Gregor!", hätten sie ihm zurufen sollen.

"Hyvä on, Gregor", heidän olisi pitänyt huutaa hänelle.

„Immer weiter, immer weiter am Schlüssel drehen, du schaffst das."

"Jatka, käännä avainta, niin pystyt siihen."

Stattdessen musste Gregor sich ihre Begeisterung vorstellen.

Mutta sen sijaan Gregorin täytyi kuvitella heidän jännitystään.

Er presste die Zähne zusammen mit aller Kraft, die er hatte.

Hän puristi leukansa yhteen kaikella voimallaan.

Und er drehte den Schlüssel weiter im Schloss.

Ja hän jatkoi avaimen kääntämistä lukossa.

Sein Körper wand sich schmerzhaft im Kreis.

Hänen ruumiinsa pyöri tuskallisesti ympyrää.

Er konnte sich nur noch mit dem Mund aufrecht halten.

Hän pysyi nyt pystyssä pelkän suunsa avulla.

Um den Schlüssel weiterzudrehen, drückte er gegen die Tür.

Jatkaakseen avaimen vääntelyä hän painoi ovea vasten.

Schließlich weckte das Knacken des Schlosses Gregor wieder auf.

Lopulta lukon napsahdus herätti Gregorin uudelleen.

„Ich brauchte also keinen Schlüsseldienst", seufzte er erleichtert.

"Joten en tarvinnut lukkoseppää", hän huokaisi helpotuksesta.

Jetzt musste er nur noch die Tür öffnen, die er aufgeschlossen hatte.

Nyt hänen tarvitsi vain avata ovi, jonka hän oli lukinnut.

Und mit dem Kopf auf dem Türgriff öffnete er die Tür.

Ja päänsä ovenkahvassa hän avasi oven.

Er befand sich hinter der Tür, die in sein Zimmer führte.

Hän oli oven takana, joka johti hänen huoneeseensa.

Die Tür war also schon offen, bevor man ihn sehen konnte.

Ovi oli siis jo auki ennen kuin hänet nähtiin.

Als Nächstes musste er sich um die Tür herummanövrieren.

Seuraavaksi hänen täytyi liikkua oven ympäri.

Diese schwierige Bewegung erforderte auch viel Mühe.

Tämä vaikea liike vaati myös paljon vaivaa.

Er wollte nicht ungeschickt in den nächsten Raum fallen.

Hän ei halunnut pudota kömpelösti viereiseen huoneeseen.

So hatte er keine Zeit, sich auf irgendetwas anderes zu konzentrieren.

Niinpä hänellä ei ollut aikaa kiinnittää huomiota mihinkään muuhun.

Doch dann hörte er den Hauptsekretär laut „Oh!" ausrufen.

Mutta sitten hän kuuli pääkirjurin sanovan kovaa: "Voi!"

Es klang, als würde der Wind durchs Haus rauschen.

Kuulosti siltä kuin tuuli olisi puhaltanut talon läpi.

Er war zufällig derjenige, der der Tür am nächsten stand.

Hän sattui olemaan se, joka oli lähimpänä ovea.

Und als er ihn nun sah, presste er die Hand an den Mund.

Ja nyt, nähdessään hänet, hän painoi kätensä hänen suulleen.

Langsam bewegte er sich rückwärts, weg von Gregor.

Hän liikkui hitaasti taaksepäin, poispäin Gregorista.

Aber es war, als ob eine unsichtbare Kraft auf ihn einwirkte.

Mutta oli kuin jokin näkymätön voima olisi vaikuttanut häneen.

Das Erste, was die Mutter tat, war, den Vater anzusehen.

Ensimmäiseksi äiti katsoi isää.

Trotz der Anwesenheit des Managers war ihr Haar zerzaust.

Päällikön läsnäolosta huolimatta hänen hiuksensa olivat sekaisin.

Sie verschränkte die Arme und machte zwei Schritte nach vorn.

Hän levitti käsivartensa ja otti kaksi askelta eteenpäin.

Doch dann brach sie mitten in ihrem Rock zusammen.

Mutta sitten hän lysähti keskelle hamettaan.

Ihr Kleid breitete sich um sie herum auf dem Boden aus.

Hänen mekkonsa levisi lattialle kaikkialle hänen ympärilleen.

Und ihr Kopf verschwand auf ihren eigenen Brüsten.

Ja hänen päänsä katosi hänen omille rinnoilleen.

Der Vater ballte mit feindseligem Gesichtsausdruck die Faust.

Isä puristi nyrkkinsä vihamielisellä ilmeellä.

Er schien Gregor zurück in sein Zimmer drängen zu wollen.

Hän näytti haluavan Gregorin työnnettävän takaisin huoneeseensa.

Dann blickte er unsicher im Wohnzimmer umher.

Sitten hän katseli epävarmasti ympärilleen olohuoneessa.

Und schließlich bedeckte er seine Augen mit den Händen.

Ja lopuksi hän peitti silmänsä käsiensä väliin.

Und er weinte bitterlich, bis seine mächtige Brust erbebte.

Ja hän itki katkerasti, kunnes hänen mahtava rintansa vapisi.

Gregor betrat ihr Zimmer tatsächlich gar nicht.

Gregor ei itse asiassa mennyt heidän huoneeseensa ollenkaan.

Stattdessen lehnte er sich an den Türrahmen.

Sen sijaan hän nojasi ovenkarmia vasten.

Von außen war nur die Hälfte seines Körpers sichtbar.

Ulkopuolisille näkyi vain puolet hänen ruumiistaan.

Und auf seinem Körper befand sich sein Kopf, zur Seite geneigt.

Ja hänen vartalonsa päällä oli hänen päänsä, kallistuneena sivuttain.

Das Licht war inzwischen viel heller geworden als zuvor.

Nyt valo oli jo paljon kirkkaampi kuin ennen.

Man konnte nun deutlich die andere Straßenseite sehen.

Kadun toinen puoli näkyi nyt selvästi.

Ein Teil des endlosen, grauen Krankenhauses gab sich zu erkennen.

Osa loputtomasta, harmaasta sairaalasta paljastui.

Der Morgenregen hatte noch nicht ganz aufgehört.

Aamuinen sade ei ollut vielä kokonaan lakannut.

Doch nun waren die Regentropfen größer und weiter voneinander entfernt.

Mutta nyt sadepisarat olivat suurempia ja kauempana toisistaan.

Das Frühstücksbuffet war in Hülle und Fülle vorhanden.

Aamiaisruokia oli pöydässä yllin kyllin.

Der Vater hielt das Frühstück für die wichtigste Mahlzeit.

Isä piti aamiaista tärkeimpänä ateriana.

Das Frühstück war eine Mahlzeit, die er stundenlang in die Länge zog.

Aamiainen oli ateria, jota hän raahasi tuntikausia.

Und in diesen Stunden las er die verschiedenen Zeitungen.

Ja näinä aikoina hän luki erilaisia sanomalehtiä.

Direkt gegenüber hing ein Foto von Gregor.

Vastakkaisella seinällä riippui valokuva Gregorista.

Das Foto an der Wand zeigte ihn als Leutnant.

Seinällä olevassa valokuvassa hänet oli esitetty luutnanttina.

Es war ein Foto aus seiner Zeit beim Militär.

Se oli kuva ajalta, jolloin hän oli armeijassa.

Seine Hand ruhte auf seinem Schwert, und er hatte ein unbeschwertes Lächeln im Gesicht.

Hänen kätensä oli miekallaan ja hänellä oli huoleton hymy.

Seine Haltung und seine Uniform flößten einen gewissen Respekt ein.

Hänen ryhtinsä ja univormunsa vaativat tiettyä kunnioitusta.

Die andere Tür, die zum Vorzimmer führte, war ebenfalls offen.

Toinenkin ovi, joka johti eteiseen, oli auki.

Und die Tür zur Wohnung war auch noch offen.

Ja asunnon ovi oli edelleen auki.

Man konnte bis zum Vorhof des Wohnhauses sehen.

Asunnon etupihalle asti näkyi.

Und dann führte die Treppe hinunter auf die Straße.

Ja sitten portaat johtivat alas kadulle.

Gregor war der Einzige, der die Fassung bewahrt hatte.

Gregor oli ainoa, joka oli säilyttänyt malttinsa.

Er hat das gesehen, daher lag die Verantwortung für das Gespräch bei ihm.

Hän näki tämän, joten keskustelu oli hänen vastuullaan.

"So, ich werde mich jetzt für die Arbeit anziehen", sagte er.

"No, minä menen nyt pukemaan vaatteet töihin", hän sanoi.

„Sobald ich die Textilmuster verpackt habe, werde ich abreisen.“

"Lähden pakattuani tekstiilinäytteet."

"Beabsichtigen Sie immer noch, mich zu entlassen, Herr Prokurist?"

"Aiotteko yhä ampua minut tuleen, herra Prokurist?"

„Wie Sie sehen, bin ich nicht so stur, wie Sie dachten."

"Kuten näet, en olekaan niin itsepäinen kuin luulit."

„Und Sie können sehen, dass ich doch gerne arbeite."

"Ja näethän, että minä loppujen lopuksi tykkäänkin tehdä töitä."

„Ich kann zugeben, dass Reisen aus beruflichen Gründen nicht einfach ist."

"Voin myöntää, että työmatkustaminen ei ole helppoa."

„Aber ich kann auch akzeptieren, dass es Teil meines Jobs ist."

"Mutta voin myös hyväksyä, että se on osa työtäni."

"Manager, wo gehen Sie hin? Zurück ins Büro?"

"Johtaja, minne olette menossa? Takaisin toimistolle?"

„Werden Sie alles, was Sie gesehen haben, wahrheitsgemäß berichten?"

"Aiotko kertoa totuudenmukaisesti kaiken, mitä olet nähnyt?"

„Manchmal kommt es vor, dass man nicht zur Arbeit gehen kann."

"Joskus käy niin, ettei pysty menemään töihin."

„Das ist der richtige Zeitpunkt, um sich an vergangene Erfolge zu erinnern."

"Nyt on oikea aika muistella menneitä saavutuksia."

„Nachdem die Schwierigkeit beseitigt wurde, funktioniert es sogar noch besser."

"Vaikeuden poistamisen jälkeen työskentely on vielä parempaa."

„Mein Fleiß und meine Konzentration werden zunehmen."

"Ahkeruuteni ja keskittymiskykyni ovat lisääntymässä."

"Sie wissen ganz genau, dass ich dem Chef etwas schulde."

"Tiedät oikein hyvin, että olen kiitollisuudenvelassa pomolle."

„Aber ich mache mir auch Sorgen um meine Eltern und meine Schwester."

"Mutta olen myös huolissani vanhemmistani ja siskostani."

„Ich stecke in einer schwierigen Lage, aber ich werde einen Weg finden, da wieder herauszukommen."

"Olen tiukassa tilanteessa, mutta selviän siitä kaikin keinoin."

„Macht es nicht noch schwieriger, als es ohnehin schon ist."

"Älä tee tästä vaikeampaa kuin se jo on."
„Als Kollegen müssen wir uns auch gegenseitig helfen."
"Työtovereina meidänkin on autettava toisiamme."
„Ich weiß, dass die Büroangestellten die Reisenden nicht mögen."
"Tiedän, etteivät toimistotyöntekijät pidä matkalaisista."
„Ihr glaubt, wir verdienen ein Vermögen und führen ein gutes Leben."
"Luuletko, että me tienaamme omaisuuden ja elämme hyvää elämää?"
„Sie haben keinen wirklichen Grund, ihre Vorurteile zu hinterfragen."
"Heillä ei ole mitään todellista syytä ottaa huomioon ennakkoluulojaan."
„Sie als befugter Beamter haben jedoch eine andere Rolle."
"Mutta teillä, valtuutetulla virkailijalla, on eri rooli."
„Sie haben einen besseren Überblick als die anderen Mitarbeiter."
"Sinulla on parempi yleiskuva asioista kuin muulla henkilökunnalla."
„Tatsächlich glaube ich, dass Sie den besten Überblick haben."
"Itse asiassa luulen, että sinulla on ehkä paras yleiskuva."
„Sie haben einen besseren Überblick als der Chef selbst."
"Sinulla on parempi yleiskuva asioista kuin pomolla itsellään."
„Ich gebe zu, dass der Chef die unternehmerische Arbeit leistet."
"Myönnän, että pomo tekee yrittäjätyötä."
„Aber es ist leicht, dass seine Urteile in die Irre geführt werden."
"Mutta hänen tuomionsa voivat helposti johtaa harhaan."
„Und diese kleinen Fehleinschätzungen können uns zum Nachteil gereichen."
"Ja nämä pienet virhearvioinnit voivat olla meille haitaksi."
„Sie wissen ja, wie leicht es ist, über den Reisenden zu sprechen."
"Tiedäthän, kuinka helppoa on puhua matkalaisesta."

„Er ist nicht da, um seinen Ruf vor Gerüchten zu verteidigen."

"Hän ei ole siellä puolustamassa mainettaan juoruilta."

„Diese Anschuldigungen können leicht nur Zufälle sein."

"Nämä syytökset voivat helposti olla vain sattumaa."

„Viele Beschwerden beruhen nicht einmal auf irgendeiner Wahrheit."

"Monet valitukset eivät edes perustu mihinkään totuuteen."

„Er ist fast das ganze Jahr über nicht im Büro."

"Hän on poissa toimistolta melkein koko vuoden."

Welche Chance hat er, seinen Ruf zu verteidigen?

"Mitä mahdollisuuksia hänellä on puolustaa omaa mainettaan?"

„Er erfährt gar nichts von den Anschuldigungen."

"Hän ei edes kuule syytöksistä."

„Er erfährt erst, was gesagt wurde, wenn es zu spät ist."

"Hän saa selville, mitä on sanottu, vasta kun on liian myöhäistä."

„Zu diesem Zeitpunkt ist er von der Tagesreise völlig erschöpft."

"Siihen mennessä hän on uupunut päivän matkasta."

„Er muss die schrecklichen Konsequenzen trotzdem am eigenen Leib erfahren."

"Hän joutuu joka tapauksessa kokemaan kauheat seuraukset."

„Auch wenn er keine Möglichkeit hat, das Problem zu verstehen."

"Vaikka hän ei mitenkään ymmärrä ongelmaa."

"Oh Manager, gehen Sie nicht, ohne mir ein Wort zu sagen."

"Voi johtaja, älä lähde sanomatta minulle sanaakaan."

„Sag mir wenigstens, dass du mir teilweise zustimmst."

"Sano ainakin, että olet osittain samaa mieltä kanssani."

Der Manager hatte sich aber schon viel früher von Gregor abgewandt.

Mutta johtaja oli kääntynyt pois Gregorista paljon aiemmin.

Seine Schulter zuckte, als er Gregor anblickte.

Hänen olkapäänsä nytkähti, kun hän katsoi takaisin Gregoriin.

Und er blieb während der gesamten Rede kein einziges Mal stehen.

Eikä hän pysähtynyt kertaakaan puheen aikana.

Er hatte Gregor mit zusammengepressten Lippen angesehen.

Hän oli katsonut Gregoria huulet yhteen puristettuina.

Er hatte sich allmählich in Richtung Tür zurückgezogen.

Hän oli vähitellen vetäytynyt ovea kohti.

Aber auch er konnte den Blick nicht von Gregor abwenden.

Mutta hän ei voinut irrottaa katsettaan Gregorista.

Er hatte das Gefühl, es gäbe ein geheimes Verbot, den Raum zu verlassen.

Hänestä tuntui kuin huoneesta poistuminen olisi ollut salaisen kiellon alaisena.

Zu diesem Zeitpunkt befand er sich aber bereits in der Eingangshalle.

Mutta tässä vaiheessa hän oli jo eteishallissa.

Und nun machte er eine plötzliche Bewegung in Richtung Ausgang.

Ja nyt hän teki äkillisen liikkeen uloskäyntiä kohti.

Er streckte seine rechte Hand in Richtung der Treppe aus.

Hän ojensi oikean kätensä portaita kohti.

Vielleicht wartete eine übernatürliche Macht darauf, ihn zu retten.

Ehkä jokin yliluonnollinen voima odotti pelastaakseen hänet.

Gregor wusste, dass er ihn so nicht gehen lassen konnte.

Gregor tiesi, ettei hän voinut antaa hänen lähteä tällä tavalla.

Der Manager darf nicht in der Stimmung zurückkehren, in der er sich befand.

Johtaja ei saa palata samassa mielentilassa kuin oli.

Gregors Arbeitsplatz war stark gefährdet.

Gregorin työpaikan turvallisuus oli vakavasti uhattuna.

Die Eltern konnten das alles nicht vollständig verstehen.

Vanhemmat eivät voineet täysin ymmärtää kaikkea tätä.

Über die Jahre hatten sie sich an seine Arbeitsplatzsicherheit gewöhnt.

Vuosien varrella he olivat tottuneet hänen työsuhteensa turvallisuuteen.

**Und sie waren davon überzeugt, dass er den Job auf
Lebenszeit hatte.**
Ja he olivat vakuuttuneita siitä, että hänellä oli työ
loppuiäkseen.
Stattdessen hatten sie sich mit anderen Sorgen beschäftigt.
Sen sijaan heillä oli ollut kiire muiden huolien parissa.
**Doch diese Bedenken führten dazu, dass sie jegliche
Weitsicht verloren.**
Mutta nämä huolet johtivat siihen, että he menettivät kaiken
kaukonäköisyyden.
Gregor hatte jedoch die elterliche Weitsicht nicht verloren.
Gregor ei kuitenkaan ollut menettänyt vanhempiensa
kaukonäköisyyttä.
Jemand musste den Bevollmächtigten stoppen.
Jonkun oli pakko pysäyttää valtuutettu edustaja.
Er musste ihn beruhigen und überzeugen.
Hänen täytyisi rauhoitella ja vakuuttaa hänet.
Davon hing die Zukunft von Gregor und seiner Familie ab!
Gregorin ja hänen perheensä tulevaisuus riippui siitä!
**Wenn doch nur die kluge Schwester da gewesen wäre, um
zu helfen.**
Kunpa älykäs sisko olisi ollut täällä auttamassa.
**Sie hatte schon geweint, als Gregor noch in seinem Zimmer
war.**
Hän oli jo itkenyt, kun Gregor oli vielä huoneessaan.
**Zu diesem Zeitpunkt lag er einfach nur ruhig auf dem
Rücken.**
Sillä hetkellä hän vain makasi hiljaa selällään.
Sie wusste damals schon um die Bedeutung der Situation.
Hän tiesi jo silloin tilanteen tärkeyden.
**Der Manager hatte bekanntermaßen eine Schwäche für
Frauen.**
Johtajalla oli tunnetusti heikkous naisia kohtaan.
**Sie hätte ihn leicht dazu überreden können, länger zu
bleiben.**
Hän olisi helposti voinut suostutella hänet jäämään
pidemmäksi aikaa.

Sie hätte die Tür geschlossen und ihn wieder hineingeführt.
Hän olisi sulkenut oven ja ohjannut hänet takaisin sisään.
Doch leider war die Schwester bereits aufgebrochen, um einen Arzt zu holen.
Mutta valitettavasti sisar oli mennyt hakemaan lääkäriä.
Deshalb blieb Gregor nichts anderes übrig, als es selbst zu tun.
Siksi Gregorilla ei ollut muuta vaihtoehtoa kuin tehdä se itse.
Er hatte nicht bedacht, welche Fähigkeiten er tatsächlich besaß.
Hän ei ollut ajatellut, mitkä hänen kyvyt todellisuudessa olivat.
Und er hatte vergessen, seiner Fähigkeit zu sprechen zu misstrauen.
Ja hän oli unohtanut luottaa puhekykyynsä.
Dennoch verließ er die Sicherheit seines Zimmers.
Mutta silti hän poistui huoneensa turvallisesta paikasta.
Und er drängte sich durch die Öffnung des Zimmers.
Ja hän työnsi itsensä huoneen aukosta sisään.
Der Manager war bereits auf dem Weg die Treppe hinunter.
Johtaja oli jo matkalla alas portaita.
Aber er hielt sich mit beiden Händen am Geländer fest.
Mutta hän piti kaiteista kiinni molemmilla käsillään.
Gregor stürzte, als er sich durch die Tür schob.
Gregor kaatui työntyessään itsensä ovesta sisään.
Er stieß einen kleinen Schrei aus, als er nach Halt griff.
Hän päästi pienen kiljahduksen tarttuessaan tukeen.
Doch anstatt in Panik zu geraten, verspürte er ein körperliches Wohlbefinden.
Mutta paniikin sijaan hän tunsi fyysistä hyvinvointia.
Zum ersten Mal an diesem Morgen fühlte sich etwas richtig an.
Ensimmäistä kertaa sinä aamuna jokin tuntui oikealta.
Alle seine Beine standen nun auf festem Boden.
Kaikilla hänen jaloillaan oli nyt tukeva maa alla.
Er war überrascht, wie gut er seine Beine kontrollieren konnte.

Hän oli yllättynyt siitä, kuinka hyvin hän pystyi hallitsemaan
jalkojaan.
**Er freute sich, festzustellen, dass seine Beine ihm
vollkommen gehorchten.**
Hän oli iloinen huomatessaan, että hänen jalkansa tottelivat
häntä täysin.
**Tatsächlich trugen ihn seine Beine überall hin, wo er
hinwollte.**
Itse asiassa hänen jalkansa kantoivat häntä minne hän halusi.
Bald würden all seine Sorgen ein Ende finden.
Pian kaikki hänen surunsa olisivat päättymässä.
Doch im selben Augenblick sprang seine eigene Mutter auf.
Mutta juuri samassa hetkessä hänen oma äitinsä hyppäsi ylös.
Ihre Arme waren ausgestreckt und ihre Finger gespreizt.
Hänen kätensä olivat ojennettuina ja sormet levällään.
Und sie schrie: „Hilfe, um Gottes willen, helft mir!"
Ja hän huusi: "Apua, Jumalan tähden, joku auttakoon!"
Sie neigte den Kopf; sie wollte Gregor besser sehen.
Hän kallistaa päätään; hän halusi nähdä Gregorin paremmin.
**Doch im Gegensatz zu ihrer ersten Handlung rannte sie
zurück.**
Mutta ensimmäiseen tekoon reagoiden hän juoksi takaisin.
Sie hatte vergessen, dass der Tisch hinter ihr gedeckt war.
Hän oli unohtanut, että pöytä oli katettu hänen taakseen.
Alle Speisen fürs Frühstück standen noch auf dem Tisch.
Kaikki aamiaiseksi tarvittava oli vielä pöydässä.
Sie setzte sich hastig auf den Tisch, als sei sie abgelenkt.
Hän istuutui hätäisesti pöydän ääreen, ikään kuin olisi ollut
hajamielinen.
Und sie schien den verschütteten Kaffee nicht zu bemerken.
Eikä hän näyttänyt huomaavan läikkynyttä kahvia.
Der Kaffee, der inzwischen in den Teppich eingezogen war.
Kahvi, joka nyt imeytyi mattoon.
„Mutter, Mutter", sagte Gregor leise und blickte zu ihr auf.
"Äiti, äiti", Gregor sanoi hiljaa ja katsoi häntä.
Im Moment war ihm der Manager nicht wichtig.
Sillä hetkellä johtaja ei ollut hänelle tärkeä.

Aber da war auch noch der Kaffee, der auf den Teppich
tropfte.
Mutta matolle tippui myös kahvia.
Gregor konnte nicht widerstehen und schnappte nach dem
Kaffee.
Gregor ei voinut vastustaa kiusausta napsahtaa leukansa
kahvikupilliselle.
Die Mutter fing wegen seines Verhaltens wieder an zu
weinen.
Äiti alkoi itkeä uudelleen miehen käytöksen takia.
Sie sprang vom Tisch, um Abstand von ihm zu gewinnen.
Hän hyppäsi pöydältä ottaakseen etäisyyttä häneen.
Und sie rannte in die Arme ihres Vaters, um Schutz zu
suchen.
Ja hän juoksi isän syliin turvaan.
Doch Gregor hatte jetzt keine Zeit mehr für seine Eltern.
Mutta Gregorilla ei ollut nyt aikaa vanhemmilleen.
Der zuständige Beamte befand sich bereits auf der Treppe.
Valtuutettu virkailija oli jo portaissa.
Er hatte sein Kinn auf dem Geländer, um ins Haus zu
schauen.
Hän nojasi leukaansa kaiteeseen nähdäkseen sisään taloon.
Offenbar wollte er sich das Spektakel noch ein letztes Mal
ansehen.
Ilmeisesti hän halusi vielä viimeisen kerran vilkaista tätä
spektaakkelia.
Und Gregor unternahm einen letzten Versuch, den Manager
zu erreichen.
Ja Gregor teki viimeisen yrityksen tavoittaakseen johtajan.
Er rannte so sicher wie möglich zur Tür.
Hän juoksi ovea kohti niin turvallisesti kuin pystyi.
Aber der Hauptsekretär muss etwas geahnt haben.
Mutta päällikön on täytynyt epäillä jotakin.
Denn er sprang mehrere Stufen hinunter und verschwand.
Koska hän hyppäsi alas useita portaita ja katosi.
"Huh!", rief Gregor, und sein Ruf hallte durch das
Treppenhaus.

"Höh!" huusi Gregor, ja kaikui portaikossa.

Die Flucht des Managers schien auch seinen Vater zu verwirren.

Myös johtajan pako näytti hämmentävän hänen isäänsä.

Bis dahin war es ihm gelungen, recht gefasst zu bleiben.

Siihen asti hän oli onnistunut pysymään varsin rauhallisena.

Doch leider verlor auch er die Fassung, die er zuvor besessen hatte.

Mutta valitettavasti hänkin menetti entisen malttinsa.

Er hätte Gregor bei seinem Vorhaben helfen sollen.

Hänen olisi pitänyt auttaa Gregoria hänen jahdissaan.

Doch er packte den Gehstock des Managers mit einer Hand.

Mutta hän tarttui johtajan kävelykeppiin toiseen käteen.

In seiner anderen Hand hielt er nun eine Zeitung.

Ja toisessa kädessään hän piteli nyt sanomalehteä.

Und nun behinderte er Gregor direkt bei seinem Vorhaben.

Ja nyt hän suoraan esti Gregoria hänen takaa-ajossa.

Er hatte sich zwischen Gregor und die Straße gestellt.

Hän oli asettunut Gregorin ja kadun väliin.

Er stampfte mit den Füßen auf und fuchtelte mit dem Stock und der Zeitung herum.

Hän polki jalkojaan ja heilutti keppiä ja sanomalehteä.

Und er zwang Gregor aktiv zurück in sein Zimmer.

Ja hän aktiivisesti pakotti Gregorin takaisin huoneeseensa.

Keine der Bitten, die Gregor äußerte, half.

Yksikään Gregorin esittämistä pyynnöistä ei auttanut.

Weil keines seiner Anliegen verstanden wurde.

Koska yhtäkään hänen esittämistään pyynnöistä ei ymmärretty.

Er wandte den Kopf in eine tiefere, demütigere Haltung.

Hän käänsi päänsä syvempään, nöyrempään kulmaan.

Doch sein Vater antwortete, indem er noch heftiger mit den Füßen aufstampfte.

Mutta hänen isänsä vastasi polkemalla jalkojaan vielä kovemmin.

Die Mutter öffnete trotz des kühlen Wetters ein Fenster.

Äiti avasi ikkunan viileästä säästä huolimatta.

Und sie presste ihr Gesicht in die Hände vor Kälte.
Ja hän painoi kasvonsa käsiinsä kylmässä.
Der Wind konnte nun durch die gesamte Wohnung strömen.
Tuuli pääsi nyt puhaltamaan koko asunnon läpi.
Ein starker Luftzug wehte vom Treppenhaus in die Gasse.
Voimakas veto puhalsi portaikosta kujalle.
Die Vorhänge wurden vom starken Wind hin und her bewegt.
Verhot lepattivat kovassa tuulessa.
Und die Zeitung auf dem Tisch raschelte im Wind.
Ja pöydällä oleva sanomalehti kahisi tuulessa.
Sogar einige Blätter wurden von draußen ins Haus geweht.
Ulkoa puhallettiin jopa lehtiä talon sisälle.
Der Vater stampfte mit den Füßen und schob unerbittlich.
Isä tömisteli jalkojaan ja työnsi armottomasti.
Und er zischte und gab Geräusche von sich, wie es ein Wilder tun würde.
Ja hän sihisi ja päästi ääniä kuin villimies.
Gregor hatte das Rückwärtsgehen aber noch nicht geübt.
Mutta Gregor ei ollut vielä harjoitellut takaperin kävelyä.
Selbst Gregor würde zugeben, dass diese Bewegung wesentlich langsamer vonstatten ging.
Jopa Gregor myöntäisi, että tämä liike oli paljon hitaampaa.
Doch alles, was er wollte, war die Gelegenheit, umzukehren.
Hän halusi kuitenkin vain tilaisuuden kääntyä.
Dann wäre er sofort in sein Zimmer gegangen.
Sitten hän olisi mennyt suoraan huoneeseensa.
Aber er hatte zu große Angst, seinen Vater ungeduldig zu machen.
Mutta hän pelkäsi liikaa tekevänsä isänsä kärsimättömäksi.
Und es bestand die Drohung mit einem Schlag mit dem Stock.
Ja uhkasi joutua kepillä lyödyksi.
Ein solcher Schlag auf den Hinterkopf könnte tödlich sein.
Tällainen isku pään takaosaan voi olla kohtalokas.
Am Ende blieb Gregor jedoch keine andere Wahl.
Mutta lopulta Gregorilla ei ollut muuta vaihtoehtoa.

Ihm wurde klar, dass er nicht einmal mehr geradeaus rückwärts gehen konnte.
Hän tajusi, ettei pystynyt edes kävelemään suoraan taaksepäin.
Er begann sich so schnell wie möglich umzudrehen.
Hän alkoi kääntyä ympäri niin nopeasti kuin pystyi.
Doch in Wirklichkeit war diese Drehbewegung genauso langsam.
Mutta todellisuudessa tämä kääntymisliike oli aivan yhtä hidas.
Und ihm folgten die besorgten Blicke des Vaters.
Ja isän huolestuneet katseet seurasivat häntä.
Vielleicht bemerkte der Vater Gregors gute Absichten.
Ehkä isä huomasi Gregorin hyvät aikomukset.
Weil er ihn nicht daran hinderte, sich umzudrehen.
Koska hän ei häirinnyt häntä kääntymästä.
Er benutzte sogar die Spitze seines Stocks, um die Drehung zu steuern.
Hän jopa käytti keppinsä kärkeä ohjatakseen pyörimistä.
Gregor wünschte sich aber dennoch, sein Vater hätte ihn nicht angefaucht!
Mutta Gregor toivoi yhä, ettei isä olisi sihissyt hänelle!
Das Zischen trug nur noch zur Verwirrung des Augenblicks bei.
Suhina vain lisäsi hetken hämmennystä.
Und dann unterlief ihm ein Fehler, und er bog in die falsche Richtung ab.
Ja sitten hän teki virheen ja käänsi tiensä väärään suuntaan.
Am Ende gelang es ihm schließlich doch, den richtigen Weg einzuschlagen.
Lopulta hän onnistui lopulta kääntymään oikeaan suuntaan.
Und er war zufrieden mit den Fortschritten, die er gemacht hatte.
Ja hän oli tyytyväinen saavuttamaansa edistykseen.
Doch dann trat das nächste Problem noch deutlicher zutage.
Mutta sitten seuraava ongelma kävi entistä ilmeisemmäksi.

Sein Körper war zu breit, um problemlos durch die Tür zu passen.

Hänen ruumiinsa oli liian leveä mahtuakseen helposti ovesta läpi.

In seinem jetzigen Zustand bemerkte der Vater dies nicht.

Nykyisessä tilassaan isä ei huomannut tätä.

Deshalb kam es ihm nicht in den Sinn, die Tür weiter zu öffnen.

Niinpä hänelle ei tullut mieleenkään avata ovea pidemmälle.

Dann wäre genügend Platz für Gregor gewesen.

Silloin Gregorille olisi ollut tarpeeksi tilaa.

Seine einzige Priorität war es, Gregor in sein Zimmer zu bringen.

Hänen ainoa prioriteettinsa oli saada Gregor huoneeseensa.

Er hätte aufstehen müssen, um durch die Tür zu passen.

Hänen olisi pitänyt nousta seisomaan mahtuakseen ovesta sisään.

Der Vater hätte ein solches Manöver jedoch nicht zugelassen.

Mutta isä ei olisi sallinut sellaista temppua.

Tatsächlich fauchte er ihn noch heftiger an als zuvor.

Itse asiassa hän sihisi hänelle vielä villimmin kuin ennen.

Es klang nach mehr als nur einem Mann, der ihn anzischt.

Kuulosti siltä, että useampi kuin yksi mies oli sihisemässä hänelle.

Seine Forderungen schienen nun an Dringlichkeit gewonnen zu haben.

Hänen vaatimuksillaan näytti olevan uusi kiireellisyys.

Für Spielereien war jetzt wirklich keine Zeit mehr.

Nyt ei todellakaan ollut enää aikaa höpiskellä.

Was auch immer geschah, Gregor musste durch die Tür gelangen.

Olipa tilanne mikä tahansa, Gregorin oli päästävä ovesta sisään.

Er kämpfte sich ohne jegliche Rücksicht auf sich selbst durch.

Hän puski itsensä eteenpäin välittämättä lainkaan itsekeskeisyydestä.

Durch die Bewegung wurde eine Seite seines Körpers nach oben gedrückt.

Liike pakotti hänen ruumiinsa toisen puolen ylöspäin.

Und er lag unbeholfen und schief zwischen den Türrahmen.

Ja hän makasi kömpelösti ja vinosti ovensuussa.

Eine seiner Flanken war am Holz wundgescheuert.

Toinen hänen kylkistään oli hangattu raa'aksi puuta vasten.

Und er hatte hässliche Flecken auf der weiß gestrichenen Tür hinterlassen.

Ja hän oli jättänyt rumia tahroja valkoiseksi maalattuun oveen.

Auf einer Seite seines Körpers hingen die Beine zitternd in der Luft.

Hänen toisen kyljensä jalat roikkuivat vapisten ilmassa.

Seine anderen Beine drückten schmerzhaft gegen den Boden.

Hänen muut jalkansa painautuivat kivuliaasti lattiaan.

Bald würde er vollständig zwischen den Türen eingeklemmt sein.

Pian hän jäisi kokonaan jumiin ovien väliin.

Und dann hätte er sich überhaupt nicht mehr bewegen können.

Ja sitten hän ei olisi pystynyt liikkumaan ollenkaan.

Doch der Vater gab ihm einen wahrhaft befreienden, starken Anstoß.

Mutta isä antoi hänelle todella vapauttavan voimakkaan sysäyksen.

Und er stürzte, stark blutend, tief in sein Zimmer hinein.

Ja hän putosi, vuotaen verta rankasti, syvälle huoneeseensa.

Der Vater knallte die Tür hinter sich mit seinem Stock zu.

Isä paiskasi oven kepillään kiinni perässään.

Und dann kehrte endlich wieder Ruhe ein.

Ja sitten vihdoin koitti taas rauha ja hiljaisuus.

Teil Zwei
Toinen osa

Gregor wachte erst viel später am Tag auf.

Gregor heräsi vasta paljon myöhemmin päivällä.

Die Dämmerung war hereingebrochen; er hatte tief und fest geschlafen.

Hämärä oli laskeutunut; hän oli nukkunut raskaasti ja tiedottomana.

Er wäre auch ohne Störung aufgewacht.

Hän olisi herännyt, vaikka häntä ei olisi häiritty.

Denn er fühlte sich ausreichend ausgeruht und gut geschlafen.

Koska hän tunsi olonsa riittävän levänneeksi ja hyvin nukkuneeksi.

Aber er glaubte, draußen flüchtige Schritte zu hören.

Mutta hän luuli kuulevansa ulkoa joitakin ohikiitäviä askelia.

Und vielleicht hat jemand die Haustür sorgfältig geschlossen.

Ja joku on saattanut sulkea etuoven huolellisesti.

Das Licht der elektrischen Straßenbahn lag blass an der Decke.

Sähköraitiovaunun valo lankesi kalpeasti katossa.

Auch die Oberseite der Möbel wurde ein wenig beleuchtet.

Myös huonekalujen yläosat saivat hieman valoa.

Doch unten am Boden, auf Gregors Höhe, war es dunkel.

Mutta alhaalla maassa, Gregorin tasolla, oli pimeää.

Seine Beine schoben ihn langsam wieder in Richtung Tür.

Hänen jalkansa työnsivät häntä hitaasti taas ovea kohti.

Er war sehr neugierig, zu sehen, was dort geschehen war.

Hän oli hyvin utelias näkemään, mitä siellä oli tapahtunut.

Seine Kontrolle über seine Fühler war jedoch noch nicht entwickelt.

Mutta hänen tuntoaistinsa eivät olleet vielä hallinneet itseään.

Obwohl er diese neuen Sensoren allmählich zu schätzen begann.

Vaikka hän alkoi arvostaa näitä uusia antureita.

Eine lange, unansehnliche Narbe schien seine linke Seite
hinunterzulaufen.
Pitkä, epämiellyttävä arpi näytti kulkevan hänen vasenta
kylkeään pitkin.
Die Narbe fühlte sich an, als würde sie diese Seite seines
Körpers einengen.
Arpi tuntui kiristävän sitä puolta hänen ruumiistaan.
Und so musste er buchstäblich auf seinen zwei Beinreihen
humpeln.
Ja niin hänen täytyi kirjaimellisesti ontua kahdella rivillään
jalkojaan.
Eines seiner Beine war an diesem Morgen schwer verletzt
worden.
Toinen hänen jaloistaan oli loukkaantunut vakavasti sinä
aamuna.
Es war wirklich ein Wunder, dass er sich nicht noch mehr
Beine gebrochen hatte.
Oli todella ihme, ettei hän ollut murtanut enempää jalkoja.
Und so schleppte er sein verletztes Bein leblos hinter sich
her.
Ja niin hän raahasi loukkaantunutta jalkaansa elottomana
perässään.
Als er die Tür erreichte, erkannte er etwas Tiefgreifendes.
Saavuttuaan ovelle hän tajusi jotakin syvällistä.
Es war der Geruch von etwas, der ihn dorthin gelockt hatte.
Se oli jonkin haju, joka oli houkutellut hänet sinne.
In Gregors Zimmer war etwas Essbares für ihn hinterlassen
worden.
Gregorille oli jätetty jotain syötävää hänen huoneeseensa.
Stückchen Weißbrot schwimmen in einer Schüssel mit
süßer Milch.
Valkoisen leivän paloja kelluu kulhossa makeaa maitoa.
Er konnte seine innere Freude kaum verbergen.
Hän tuskin pystyi pidättelemään sisällään olevaa iloa.
Er war jetzt noch hungriger als am Morgen.
Hän oli nyt vielä nälkäisempi kuin aamulla.
Er tauchte sofort seinen Kopf in die Schüssel mit Milch.

Hän kastoi heti päänsä maitokulhoon.

Die Milch quoll ihm fast über den ganzen Kopf, bis zu den Augen.

Maitoa valui lähes koko hänen päänsä päälle, silmiä myöten.

Doch schon bald riss er den Kopf zurück, bitter enttäuscht.

Mutta pian hän veti päänsä taaksepäin, katkeran pettyneenä.

Das Essen war aufgrund seiner empfindlichen linken Seite schwierig.

Syöminen oli vaikeaa hänen herkän vasemman puolensa vuoksi.

Und er konnte nur essen, indem er mit dem ganzen Körper keuchte.

Ja hän pystyi syömään vain läähättämällä koko ruumiillaan.

Das war jedoch nicht der wahre Grund für seine Enttäuschung.

Mutta se ei ollut hänen pettymyksensä todellinen syy.

Milch war schon immer eines seiner Lieblingsgerichte gewesen.

Maito oli aina ollut yksi hänen lempiruoistaan.

Er hatte keinen Zweifel daran, dass seine Schwester sich daran erinnerte.

Hänellä ei ollut epäilystäkään siitä, etteikö hänen sisarensa olisi muistanut tämän.

Und das war der Grund, warum sie ihm Milch gegeben hatte.

Ja siksi hän oli antanut hänelle maitoa.

Er konnte nicht erklären, warum er Milch jetzt nicht mehr mochte.

Hän ei osannut selittää, miksi hän nyt ei pitänyt maidosta.

Und er wandte sich fast widerwillig von der Schüssel ab.

Ja hän käänsi selkänsä kulholta lähes vastahakoisesti.

Enttäuscht kroch er zurück in die Mitte des Raumes.

Pettyneenä hän ryömi takaisin huoneen keskelle.

Hier konnte er durch den Türspalt hindurchsehen.

Tässä hän pystyi näkemään oven raosta.

Er konnte sehen, dass im Wohnzimmer das Feuer brannte.

Hän näki, että olohuoneessa oli tuli.

Gewöhnlich las der Vater um diese Zeit die Zeitung.
Yleensä tähän aikaan isä luki sanomalehteä.
Er las seiner Mutter immer mit erhobener Stimme vor.
Hän luki aina äidille korotetulla äänellä.
Manchmal lauschte auch die Schwester dem Vater.
Joskus sisko myös kuunteli isää.
Sie hatte Gregor immer von diesem Vorlesen erzählt.
Hän oli aina kertonut Gregorille tästä ääneen lukemisesta.
Doch heute war aus dem Zimmer kein Laut zu hören.
Mutta tänään huoneesta ei kuulunut ääntäkään.
Vielleicht war diese Gewohnheit bereits in Vergessenheit geraten.
Ehkä tämä tapa oli jo kadonnut.
Eine tiefe Stille hatte sich über die gesamte Wohnung gelegt.
Syvä hiljaisuus oli laskeutunut koko asuntoon.
Obwohl er wusste, dass die Wohnung ganz sicher nicht leer war.
Vaikka hän tiesikin, ettei asunto todellakaan ollut tyhjä.
„Was für ein ruhiges Leben die Familie doch führte", dachte Gregor.
"Mikä rauhallista elämää perheellä onkaan", ajatteli Gregor.
Und er blickte mit großem Stolz in die Dunkelheit.
Ja hän tuijotti pimeyteen suurella ylpeydellä.
Er war stolz auf das Leben, das er ihnen hatte ermöglichen können.
Hän oli ylpeä elämästä, jonka hän oli pystynyt heille antamaan.
Er war stolz auf die schöne Wohnung, in der sie lebten.
Hän oli ylpeä kauniista asunnosta, jossa he asuivat.
Doch sollte dieser Frieden nun ein schreckliches Ende nehmen?
Mutta oliko kaikella tällä rauhalla edessään kauhea loppu?
Würde man ihnen ihren Wohlstand nehmen?
Otettaisiinko heiltä pois heidän vaurautensa?
War ihre Zufriedenheit nun in Zukunft ungewiss?
Oliko heidän tyytyväisyytensä tulevaisuudessa nyt epävarmaa?

Doch er wollte sich nicht in solchen Gedanken verlieren.
Mutta hän ei halunnut vaipua sellaisiin ajatuksiin.
Um sich die Zeit zu vertreiben, kroch er die Wände rauf und
runter.
Pysyäkseen kiireisenä hän ryömi seiniä pitkin ylös ja alas.
Im Laufe des langen Abends wurde eine Tür einen Spalt
breit geöffnet.
Pitkän illan aikana yksi ovi oli hieman raollaan.
Und zu einem anderen Zeitpunkt öffnete sich die andere
Tür einen Spaltbreit.
Ja toisella kerralla toinen ovi raottui hieman.
Doch beide Male wurden die Türen schnell wieder
geschlossen.
Mutta molemmilla kerroilla ovet suljettiin nopeasti uudelleen.
Offenbar hatte jemand draußen den Wunsch,
hereinzukommen.
Selvästikin joku ulkopuolinen halusi tulla sisään.
Aber sie hatten auch zu viele Bedenken, hereinzukommen.
Mutta heillä oli myös liikaa huolia sisäänpääsystä.
Gregor blieb nun direkt vor der Wohnzimmertür stehen.
Gregor pysähtyi nyt suoraan olohuoneen oven eteen.
Er war fest entschlossen, den zögernden Besucher irgendwie
zu verführen.
Hän oli päättänyt jotenkin houkutella epäröivää vierailijaa.
Und er wollte auch wissen, wer der Besucher gewesen war.
Ja hän halusi myös tietää kuka vierailija oli ollut.
Doch an diesem Abend wurde die Tür kein drittes Mal
geöffnet.
Mutta sinä iltana ovea ei avattu kolmatta kertaa.
Und Gregor verbrachte seine Zeit vergeblich damit, an der
Tür zu warten.
Ja Gregor vietti aikansa turhaan odottaen oven luona.
Früher am Tag wollten sie alle in den Raum kommen.
Aiemmin samana päivänä he kaikki halusivat tulla
huoneeseen.
Jetzt, da die Türen unverschlossen waren, würde es ihnen
leichter fallen.

Nyt kun ovet olisivat lukitsematta, heidän olisi helpompi.
Aber sie entschieden sich dafür, auf der anderen Seite des Raumes zu bleiben.
Mutta he päättivät jäädä huoneen toiselle puolelle.
Gregor bemerkte, dass die Schlüssel nicht mehr in ihren Schlössern steckten.
Gregor huomasi, että avaimet eivät enää olleet lukoissaan.
Jemand muss die Schlüssel zum Außenschloss umgesteckt haben.
Joku on varmaan siirtänyt ulkolukon avaimet.
Erst spät in der Nacht wurde das Licht im Wohnzimmer ausgeschaltet.
Vasta myöhään illalla olohuoneen valot sammutettiin.
Die Familie muss die ganze Zeit wach geblieben sein.
Perheen on täytynyt pysyä hereillä koko ajan.
Und Gregor konnte deutlich hören, wie sie sich auf Zehenspitzen davonschlichen.
Ja Gregor kuuli selvästi heidän hiipivän pois.
Nun würde bis zum Morgen niemand zu Gregor kommen.
Nyt kukaan ei tulisi Gregorin luo ennen aamua.
So hatte er lange Zeit für sich, um ungestört nachzudenken.
Niinpä hänellä oli pitkä aika omaan tahtiinsa, ajatella rauhassa.
Wie könnte man sein Leben jetzt am besten neu ordnen?
Mikä olisi paras tapa järjestää hänen elämänsä uudelleen nyt?
Doch die hohen Wände des leeren Zimmers ängstigten ihn.
Mutta tyhjän huoneen korkeat seinät pelottivat häntä.
Ihm blieb keine andere Wahl, als sich flach auf den Boden zu legen.
Hänellä ei ollut muuta vaihtoehtoa kuin heittäytyä makaamaan maahan.
Und er fand in diesem Raum niemals die Ursache seiner Angst.
Eikä hän koskaan löytänyt pelkonsa syytä siitä paikasta.
Es war dasselbe Zimmer, in dem er seit fünf Jahren lebte.
Se oli sama huone, jossa hän oli asunut viisi vuotta.
Halb bewusst machte er eine Bewegung in Richtung Sofa.

Puolitietoisesti hän liikkui sohvaa kohti.

Und ohne jede Scham versteckte er sich unter dem Sofa.

Ja häpeilemättä hän piiloutui sohvan alle.

Dort unten fühlte er sich sofort wieder sehr wohl.

Siellä alhaalla hän tunsi olonsa heti taas erittäin mukavaksi.

Obwohl sein Rücken etwas gequetscht war.

Vaikka selkä olikin vähän painava.

Auch unter dem Sofa konnte er seinen Kopf nicht mehr heben.

Hän ei pystynyt enää nostamaan päätään sohvan allekaan.

Aber selbst das zog er einem Aufenthalt im Freien vor.

Mutta tästäkin huolimatta hän oli mieluummin mieluummin missä tahansa avoimessa paikassa.

Er bedauerte jedoch, dass sein Körper so breit war.

Hän kuitenkin katui sitä, että hänen ruumiinsa oli niin leveä.

Das Sofa konnte seinen ganzen Körper nicht vollständig bedecken.

Sohva ei voinut peittää kokonaan hänen vartaloaan.

Er blieb die ganze Nacht unter dem Sofa.

Hän makasi sohvan alla koko yön.

Die Nacht verbrachte er halb schlafend, geplagt von seinem Hunger.

Yön hän vietti puoliunessa, nälkänsä häiritsemänä.

Und die Zeit, die er wach war, verbrachte er entweder in Sorgen oder in Hoffnung.

Ja hereilläoloaikansa hän käytti joko murehtimiseen tai toiveikkuuteen.

Doch all seine vagen Hoffnungen führten zu demselben Schluss.

Mutta kaikki hänen epämääräiset toiveensa johtivat samaan johtopäätökseen.

Ihm blieb nichts anderes übrig, als vorerst zu schweigen.

Hänellä ei ollut muuta vaihtoehtoa kuin pysyä hetken hiljaa.

Er musste der Familie gegenüber Geduld und Rücksichtnahme zeigen.

Hänen täytyi osoittaa kärsivällisyyttä ja huomaavaisuutta perhettä kohtaan.

**Es war die einzige Möglichkeit, die Unannehmlichkeiten
erträglich zu machen.**
Se oli ainoa tapa tehdä epämukavuus siedettäväksi.
Die Unannehmlichkeiten, die er nun der Familie auferlegte.
Vaiva, jota hän nyt aiheutti perheelle.
**Er musste nicht lange warten, um sein Mitgefühl unter
Beweis zu stellen.**
Hänen ei tarvinnut odottaa kauan todistaakseen
myötätuntonsa.
Früh am Morgen schaute die Schwester in sein Zimmer.
Varhain aamulla sisar kurkisti hänen huoneeseensa.
Obwohl es eigentlich genauso viel Nacht wie Morgen war.
Vaikka todellisuudessa oli yhtä lailla yö kuin aamukin.
Sie war vollständig angezogen und schien aufgeregt zu sein.
Hän oli täysin pukeutunut ja näytti innostuneelta.
**Die Tragfähigkeit seiner neu getroffenen Entscheidung
könnte sich bewähren.**
Hänen uuden päätöksensä vahvuutta voitaisiin koetella.
Sie entdeckte ihn nicht sofort auf Anhieb.
Hän ei löytänyt häntä heti ensi silmäyksellä.
Er musste irgendwo sein; weggeflogen konnte er nicht sein.
Hänen täytyi olla jossain; hän ei olisi voinut lentää pois.
**Doch dann schweifte ihr Blick ein zweites Mal durch den
Raum.**
Mutta sitten hänen katseensa pyyhkäisi huoneen toisen
kerran.
**Und dieses Mal entdeckte sie seinen Oberkörper unter dem
Sofa.**
Ja tällä kertaa hän huomasi miehen vartalon sohvan alta.
**Sie war so verängstigt, dass sie jegliche Selbstbeherrschung
verlor.**
Hän oli niin peloissaan, että menetti kaiken itsehillinnän.
Und ihre erste Reaktion war, die Tür wieder zuzuschlagen.
Ja hänen ensimmäinen reaktionsa oli paiskaa ovi taas kiinni.
Doch sie schien ihr Verhalten auch sofort zu bereuen.
Mutta hän näytti myös katuvan käytöstään heti.

Kaum hatte sie die Tür zugeschlagen, öffnete sie sie auch schon wieder.

Heti kun hän paiskasi oven kiinni, hän avasi sen uudelleen.

Und diesmal schlich sie sich leise auf Zehenspitzen in den Raum.

Ja tällä kertaa hän hiipi varovasti varovasti huoneeseen.

Sie bewegte sich, als ob sie eine schwerkranke Person besuchen würde.

Hän liikkui aivan kuin olisi käynyt vakavasti sairaan luona.

Oder sie könnte einen völlig Fremden besucht haben.

Tai ehkä hän oli käynyt täysin tuntemattoman luona.

Gregor drückte seinen Kopf fast bis an den Rand des Sofas.

Gregor työnsi päänsä melkein sohvan reunaan.

Und von unterhalb des Tresors beobachtete er sie im Zimmer.

Ja kassakaapin alta hän tarkkaili häntä huoneessa.

Würde sie bemerken, dass er die Milch stehen gelassen hatte?

Huomaisiko hän, että hän oli jättänyt maidon?

Er hatte die Milch nicht etwa aus Mangel an Hunger stehen gelassen.

Hän ei ollut jättänyt maitoa nälän puutteen vuoksi.

Wollte sie ihm stattdessen anderes Essen bringen?

Aikoiko hän tuoda hänelle jotain muuta ruokaa?

Vielleicht ein Gericht, das seinen Vorlieben besser entsprach.

Ehkä ruokalaji, joka sopisi paremmin hänen mieltymyksiinsä.

Aber sie hätte seinen Appetit selbst bemerken müssen.

Mutta hänen olisi pitänyt itse huomata hänen ruokahalunsa.

Er wäre lieber verhungert, als sie davon erfahren zu lassen.

Hän olisi mieluummin kuollut nälkään kuin kertonut siitä hänelle.

Eigentlich hätte er es ihr sehr gerne gesagt.

Itse asiassa hän olisi kovasti mielellään kertonut sen hänelle.

Er war wirklich versucht, unter dem Sofa hervorzuschießen.

Hän tunsi todella kiusausta ampaisi ulos sohvan alta.

Er wollte sich seiner Schwester zu Füßen werfen.

Hän halusi heittäytyä siskonsa jalkoihin.

Und er wollte sie um etwas Leckeres zu essen bitten.

Ja hän halusi pyytää häneltä jotain hyvää syötävää.

Doch dann blickte die Schwester zu der Schüssel mit Milch.

Mutta sitten sisko katsoi maitokulhoa kohti.

Sie bemerkte sofort, dass die Schüssel noch voll war.

Hän huomasi heti, että kulho oli yhä täynnä.

Sie war ziemlich überrascht, dass Gregor nichts gegessen hatte.

Hän oli aika yllättynyt, ettei Gregor ollut syönyt mitään.

Nur ein wenig Milch war auf den Boden verschüttet worden.

Lattialle oli läikkynyt vain vähän maitoa.

Sie nahm sofort die Schüssel und trug sie hinaus.

Hän otti heti kulhon ja kantoi sen ulos.

Er sah, dass sie die Schüssel nicht mit bloßen Händen aufgehoben hatte.

Hän huomasi, ettei nainen nostanut kulhoa paljain käsin.

Stattdessen hob sie die Schüssel mit einem der Lappen hoch.

Sen sijaan hän nosti kulhon yhdellä rätistä.

Gregor vergaß dieses kleine Detail jedoch sehr schnell.

Mutta Gregor unohti tämän pienen yksityiskohdan hyvin nopeasti.

Er war nun von etwas ganz anderem viel begeisterter.

Hän oli nyt paljon innostuneempi jostain muusta.

Was könnte sie als Ersatz für die Milch mitbringen?

Mitä hän voisi tuoda maidon korvikkeeksi?

Er hatte verschiedene Vermutungen darüber, was sie wohl mitbringen könnte.

Hänellä oli erilaisia ajatuksia siitä, mitä nainen voisi tuoda tullessaan.

Doch die Güte seiner Schwester übertraf seine Erwartungen.

Mutta hänen sisarensa ystävällisyys ylitti hänen odotuksensa.

Ihr wurde klar, dass sie herausfinden musste, was seine neuen Vorlieben waren.

Hän tajusi, että hänen oli kokeiltava, mitkä olivat hänen uudet makunsa.

Deshalb brachte sie eine ganze Auswahl an verschiedenen Speisen mit.
Niinpä hän toi mukanaan kokonaisen valikoiman erilaisia ruokia.
Halbverfaultes Gemüse, Knochen vom Abendessen.
Puoliksi mädäntyneitä vihanneksia, luita illalliselta.
Die eingedickte Soße von der anderen Mahlzeit, die sie gegessen hatten.
Jähmettynyttä kastiketta heidän syömästään toisesta ateriasta.
Ein paar Rosinen, einige Mandeln, trockenes Brot, Butterbrot.
Muutama rusina, hieman manteleita, kuivaa leipää, voileipää.
Etwas Brot, das mit Butter bestrichen und gesalzen war.
Jonkin verran voideltua ja myös suolattua leipää.
Käse, den Gregor vor zwei Tagen noch für ungenießbar erklärt hatte.
Juusto, jonka Gregor oli julistanut syömäkelvottomaksi kaksi päivää sitten.
Die gesamte Auswahl an Speisen wurde auf einer Zeitung ausgelegt.
Kaikki tämä ruokavalikoima oli sijoitettu sanomalehteen.
Und sie stellte auch eine Schüssel mit Wasser neben seine Mahlzeiten.
Ja hän asetti myös kulhollisen vettä hänen aterioidensa viereen.
Sie wusste, dass Gregor nicht vor ihr gegessen hätte.
Hän tiesi, ettei Gregor olisi syönyt hänen edessään.
Aus Respekt vor ihm verließ sie deshalb wieder den Raum.
Niinpä kunnioituksesta häntä kohtaan hän poistui huoneesta jälleen.
Und sie hat beim Weggehen sogar den Schlüssel im Schloss umgedreht.
Ja hän jopa käänsi avainta lukossa lähtiessään.
Aber sie drehte den Schlüssel ganz leise und vorsichtig um.
Mutta hän käänsi avainta hyvin hiljaa ja varovasti.
Auf diese Weise würde nur Gregor wissen, dass die Tür verschlossen war.

Tällä tavoin vain Gregor tietäisi oven olevan lukossa.
Nun konnte er es sich so bequem machen, wie er wollte.
Nyt hän sai tehdä olonsa niin mukavaksi kuin halusi.
Gregors Beine surrten, als es Zeit zum Essen war.
Gregorin jalat vinkuivat, kun oli syömisen aika.
Bemerkenswert ist, dass er keinerlei Beschwerden mehr verspürte.
On syytä huomata, ettei hän enää tuntenut epämukavuutta.
Seine Wunden müssen bereits vollständig verheilt sein.
Hänen haavansa ovat varmasti jo täysin parantuneet.
Weil er seine früheren Behinderungen nicht mehr spürte.
Koska hän ei enää tuntenut aiempia vammojaan.
Seine neue Fähigkeit zu heilen überraschte und verblüffte ihn.
Hänen uusi kykynsä parantaa yllätti ja hämmästytti häntä.
Vor mehr als einem Monat schnitt er sich mit einem Messer in den Finger.
Yli kuukausi sitten hän leikkasi sormensa veitsellä.
Bis vor zwei Tagen schmerzte ihn diese Wunde noch.
Vielä kaksi päivää sitten tuo haava oli kipeä.
„Bin ich jetzt viel weniger empfindlich?", dachte er bei sich.
"Olenko nyt paljon vähemmän herkkä?" hän ajatteli itsekseen.
Inzwischen lutschte er gierig an dem Käse.
Tässä vaiheessa hän jo imi ahneesti juustoa.
Er fühlte sich vom Käse mehr angezogen als von den anderen Speisen.
Häntä kiehtoi juusto enemmän kuin mikään muu ruoka.
Er aß schnell ein Stück Käse nach dem anderen.
Hän söi nopeasti yhden juustopalan toisensa jälkeen.
Beim Genuss des Geschmacks traten ihm vor Zufriedenheit die Tränen in die Augen.
Hänen silmänsä kostuivat tyytyväisyydestä sen mausta.
Nach dem Käse aß er das Gemüse und die Soße.
Juuston jälkeen hän söi vihannekset ja kastikkeen.
Das frische Essen schmeckte ihm jedoch nicht.
Tuore ruoka ei kuitenkaan maistunut hänelle.

Tatsächlich konnte er nicht einmal den Geruch von frischen Lebensmitteln ertragen.

Itse asiassa hän ei kestänyt edes tuoreen ruoan tuoksua.

Er hat sogar die anderen Lebensmittel von den frischen Lebensmitteln weggezerrt.

Hän jopa raahasi muut ruoat pois tuoreiden ruokien joukosta.

Und im Nu hatte er auch noch das Essbare aufgegessen.

Ja hyvin nopeasti hän söi syötävimmän ruoan.

Das ganze leckere Essen hatte eine schläfrig machende Wirkung auf ihn.

Kaikella herkullisella ruoalla oli häneen unelias vaikutus.

Und er lag träge an der Stelle, wo er gegessen hatte.

Ja hän makasi laiskasti siinä paikassa, jossa oli syönyt.

Schließlich kam seine Schwester zurück, um noch einmal nach ihm zu sehen.

Lopulta hänen siskonsa tuli takaisin tarkistamaan hänen vointiaan uudelleen.

Sie hatte die Weitsicht, den Schlüssel ganz langsam umzudrehen.

Hänellä oli kaukonäköisyyttä kääntää avainta hyvin hitaasti.

Dies war für Gregor ein Warnsignal, sich zurückzuziehen.

Tämä antoi Gregorille varoituksen, että hänen pitäisi vetäytyä.

Benommen und erschrocken huschte er zurück unter das Sofa.

Hämmentyneenä ja säikähtäneenä hän kiiruhti takaisin sohvan alle.

Doch diesmal war es nicht so einfach, unter dem Sofa zu bleiben.

Mutta sohvan alla pysyminen ei ollut tällä kertaa niin helppoa.

Sein Körper war durch das viele Essen etwas runder geworden.

Hänen ruumiinsa oli käynyt hieman pyöreäksi kaikesta ruoasta.

Und er musste sich beherrschen, nicht wieder auszulaufen.

Ja hänen täytyi hillitä itsensä, ettei juoksisi taas ulos.

Auch wenn die Schwester nicht lange im Zimmer blieb.

Vaikka sisko ei kauaa huoneessa viipynytkään.

In dem engen Raum rang er nach Luft.

Hänellä oli vaikeuksia hengittää tuossa ahtaassa tilassa.

Doch er überwand die kurzen Anfälle von Atemnot.

Mutta hän puski itsensä läpi pienistä tukehtumiskohtauksista.

Mit aufgerissenen Augen beobachtete er die Aktivitäten der Schwester.

Pullistuneilla silmillään hän tarkkaili siskon touhuja.

Die ahnungslose Schwester schüttete alles in einen Eimer.

Tietämätön sisar kaatoi kaiken ämpäriin.

Sie entsorgte nicht nur das Essen, das Gregor nicht gegessen hatte.

Hän ei ainoastaan hävittänyt Gregorin syömättä jättämää ruokaa.

Aber sie entsorgte auch das Essen, das er nicht angerührt hatte.

Mutta hän hävitti myös ruoan, johon mies ei ollut koskenut.

Offenbar war dieses Essen nun für niemanden mehr genießbar.

Ilmeisesti ruoka ei ollut enää kenenkään syömäkelpoista.

Anschließend verschloss sie den Futtereimer mit einem Holzdeckel.

Sitten hän sulki ruokaämpärin puisella kannella.

Und mit dem Essen, dem Eimer und dem Wischmopp ging sie.

Ja ruoan, ämpärin ja mopin kanssa hän lähti.

Gregor hätte nicht mehr lange warten können.

Gregor ei olisi jaksanut odottaa enää kauaa.

Sobald sie weg war, entkam er unter dem Sofa hervor.

Heti kun nainen oli mennyt, mies karkasi sohvan alta.

Und er streckte sich aus und atmete erleichtert auf.

Ja hän venytti itsensä ja puuskutti helpotuksesta.

So erhielt Gregor von nun an regelmäßig seine Nahrung.

Näin Gregor sai ruokaa aina silloin tällöin.

Seine Schwester gab ihm einmal früh am Morgen etwas zu essen.

Hänen sisarensa antoi hänelle ruokaa kerran aikaisin aamulla.

Zu dieser Stunde schliefen die Eltern und das Dienstmädchen noch.

Tähän aikaan vanhemmat ja palvelijatar nukkuivat vielä.

Und er erhielt eine zweite Mahlzeit, nachdem alle anderen bereits zu Mittag gegessen hatten.

Ja hän sai toisen aterian kaikkien lounastettua.

Denn zu dieser Zeit schliefen die Eltern auch eine Weile.

Koska siihen aikaan vanhemmatkin nukkuivat jonkin aikaa.

Und das Dienstmädchen wurde von der Schwester mit einer Besorgung weggeschickt.

Ja sisar lähetti piian pois jollekin asialle.

Sie hatten ganz sicher nicht die Absicht, Gregor verhungern zu lassen.

Heillä ei todellakaan ollut aikomusta näännyttää Gregoria nälkään.

Aber sie hätten ihm auch nicht beim Essen zusehen wollen.

Mutta he eivät olisi halunneet katsoa hänen syövänkään.

Die Angaben der Schwester reichten als Information aus.

Siskon mainitsema tieto oli riittävää.

Vielleicht war es ihre Art, den Eltern den Kummer zu ersparen.

Ehkä se oli hänen tapansa säästää vanhemmat surulta.

Sie hatten unter seinen Taten schon genug gelitten.

He olivat kärsineet hänen teoistaan jo tarpeeksi.

Der erste Tag verblasste langsam zu einer fernen Erinnerung.

Ensimmäinen päivä alkoi pikkuhiljaa muuttua kaukaiseksi muistoksi.

Gregor hatte keine Möglichkeit zu erfahren, was an diesem Tag geschah.

Gregorilla ei ollut mitään keinoa tietää, mitä sinä päivänä tapahtui.

Wie wurde der Schlüsseldienstmitarbeiter aus der Wohnung geleitet?

Miten lukkoseppä ohjattiin ulos asunnosta?

Mit welchen Ausreden war der Arzt schließlich zufrieden?

Millä tekosyillä lääkäri lopulta tyytyytyi?

Er hatte keinen Weg gefunden, sich verständlich zu machen.

Hän ei ollut keksinyt mitään keinoa ilmaista itseään ymmärrettävästi.

Es gelang ihm nicht einmal, mit seiner Schwester zu kommunizieren.

Hän ei edes onnistunut kommunikoimaan siskonsa kanssa.

Und so dachten sie, er könne sie nicht verstehen.

Ja niin he luulivat, ettei hän ymmärtäisi heitä.

Und deshalb wurde auch kein Versuch unternommen, mit ihm zu sprechen.

Ja siksi ei tehty mitään yritystä puhua hänelle.

Seine Schwester kam jeden Morgen und jeden Mittag in sein Zimmer.

Hänen sisarensa tuli hänen huoneeseensa joka aamu ja lounas.

Doch er musste sich damit begnügen, ihre Seufzer zu hören.

Mutta hänen täytyi tyytyä kuulemaan hänen huokauksiaan.

Später gewöhnte sie sich dann doch etwas mehr an Gregors Gestalt.

Myöhemmin hän tottui hieman enemmän Gregorin olemukseen.

Und sie fühlte sich etwas freier, weitere Bemerkungen zu machen.

Ja hän tunsi hieman enemmän vapautta esittää enemmän kommentteja.

(Obwohl sie sich nie ganz an ihn gewöhnen würde.)

(Vaikka hän ei koskaan täysin tottuisi häneen.)

Und dann fühlte sich Gregor wieder etwas mehr angesprochen.

Ja sitten Gregor tunsi tulevansa taas hieman enemmän puhutelluksi.

Und er nahm wahr, was er als freundliche Kommentare empfand.

Ja hän kuuli kommentit, joita hän piti ystävällisinä.

„Ihm hat das Essen heute geschmeckt" oder „Er hat alles aufgegessen".

"Hän nautti ruoastaan tänään" tai "hän söi kaiken".

Das war aber erst der Fall, nachdem er sein gesamtes Essen aufgegessen hatte.

Mutta se oli vasta sitten, kun hän oli syönyt kaiken ruokansa.

Doch in letzter Zeit kam dies immer seltener vor.

Mutta viime aikoina tämä on käynyt yhä harvinaisemmaksi.

„Er hat sein Essen kaum angerührt", sagte sie jetzt immer öfter.

"Hän tuskin koski ruokaansa", hän sanoi nyt useammin.

Und jedes Mal schwang ein Hauch von Traurigkeit in ihrer Stimme mit.

Ja joka kerta hänen äänessään oli ripaus surua.

Gregor konnte keine anderen Nachrichten direkter empfangen.

Gregor ei pystynyt kuulemaan muita uutisia suoremmin.

Aber er hörte viele Neuigkeiten aus den angrenzenden Zimmern mit.

Mutta hän kuuli paljon uutisia viereisistä huoneista.

Als er Stimmen hörte, rannte er zur entsprechenden Tür.

Kuultuaan ääniä hän juoksi vastaavalle ovelle.

Und er presste seinen ganzen Körper gegen die Tür, um zu hören.

Ja hän painautui koko ruumiillaan ovea vasten kuullakseen.

Alle Gespräche drehten sich in irgendeiner Weise um ihn.

Kaikki keskustelut koskettivat häntä tavalla tai toisella.

Selbst wenn es scheinbar um etwas ganz anderes ging.

Vaikka aihe tuntuisikin olevan jostain muusta.

Diese Beobachtung traf insbesondere in der Anfangszeit zu.

Tämä havainto piti erityisesti paikkansa alkuaikoina.

Bei jeder Mahlzeit wiederholten sie die gleiche Diskussion.

Joka aterian aikana he toistivat saman keskustelun.

Sie waren sich noch immer unsicher, wie sie sich ihm gegenüber verhalten sollten.

He olivat vielä epävarmoja siitä, miten hänen seurassaan tulisi käyttäytyä.

Das gleiche Thema wurde aber auch zwischen den Mahlzeiten besprochen.

Mutta samasta aiheesta keskusteltiin myös aterioiden välillä.

Weil immer zwei Familienmitglieder zu Hause waren.
Koska kotona oli aina kaksi perheenjäsentä.
Niemand wollte allein im Haus bleiben.
Kukaan ei halunnut jäädä yksin taloon.
Aber die Wohnung leer stehen zu lassen, kam auch nicht in Frage.
Mutta asunnon jättäminen tyhjäksi ei myöskään tullut kysymykseen.
Das Dienstmädchen war die Einzige, die nicht an die Wohnung gebunden war.
Palvelijatar oli ainoa, joka ei ollut sidottu asuntoon.
Sie hatte bereits am ersten Tag darum gebeten, gehen zu dürfen.
Hän oli jo pyytänyt päästä pois heti ensimmäisenä päivänä.
Sie kniete nieder und flehte darum, entlassen zu werden.
Hän polvistui ja pyysi päästä pois.
Die Familie wusste nicht, wie viel das Dienstmädchen tatsächlich wusste.
Perhe ei tiennyt, kuinka paljon piika todellisuudessa tiesi.
Zu diesem Zeitpunkt hatte sie nicht mehr gesehen als alle anderen.
Siinä vaiheessa hän ei ollut nähnyt enempää kuin kukaan muukaan.
Was geschehen war, blieb der Familie weiterhin ein Rätsel.
Tapahtunut oli perheelle edelleen mysteeri.
Doch eine Viertelstunde später verabschiedete sie sich.
Mutta varttitunnin kuluttua hän jätti hyvästit.
Und sie dankte der Familie mit Tränen in den Augen.
Ja hän kiitti perhettä kyyneleet silmissään.
Aber eigentlich dankte sie ihnen dafür, dass sie sie freigelassen hatten.
Mutta todellisuudessa hän kiitti heitä siitä, että he olivat vapauttaneet hänet.
Sie schienen ihr größte Freundlichkeit entgegengebracht zu haben.
He näyttivät osoittaneen hänelle mitä suurinta ystävällisyyttä.

Sie leistete sogar einen Eid, ohne dazu aufgefordert worden
zu sein.
Hän jopa vannoi valan, pyytämättä sitä.
Sie sagte, sie würde niemandem erzählen, was passiert war.
Hän sanoi, ettei kertoisi kenellekään, mitä oli tapahtunut.
Nun musste die Schwester zusammen mit ihrer Mutter
kochen.
Nyt siskon piti kokata yhdessä äitinsä kanssa.
Das war aber keine allzu große Unannehmlichkeit.
Mutta tämä ei oikeastaan ollut kovin suuri vaiva.
Weil die beiden sowieso fast nichts aßen.
Koska he kaksi eivät syöneet melkein mitään muutenkaan.
Immer und immer wieder hörte Gregor dasselbe Gespräch
mit.
Gregor kuuli saman keskustelun yhä uudelleen ja uudelleen.
Einer der beiden sagte dem anderen, er müsse mehr essen.
Toinen sanoi toiselle, että heidän pitäisi syödä enemmän.
Diese Person erhielt jedoch keine Antwort von der
betreffenden Person.
Mutta tuo henkilö ei saanut vastausta kyseiseltä henkilöltä.
„Danke, ich habe genug", oder etwas Ähnliches.
"Kiitos, minulla on tarpeeksi" tai jotain vastaavaa.
Vielleicht tranken sie auch gar nichts mehr.
Ehkä he eivät juoneet enää mitään.
Die Schwester fragte ihren Vater oft, ob er Bier wolle.
Sisko kysyi usein isältään, haluaisiko tämä olutta.
Und sie bot freundlicherweise an, das Bier selbst zu holen.
Ja hän tarjoutui lämpimästi hakemaan oluen itse.
Der Vater schwieg auf ihre Bitte hin stets.
Isä pysyi aina hiljaa hänen pyynnöstään.
Die Schwester musste also einen Weg finden, jeden Zweifel
auszuräumen.
Niinpä sisaren täytyi löytää keino hälventää kaikki epäilykset.
Und sie sagte, sie würde das Dienstmädchen losschicken,
um Bier zu holen.
Ja hän sanoi lähettävänsä piian hakemaan olutta.

Doch dann sagte der Vater schließlich ein lautes, deutliches „Nein".
Mutta sitten isä sanoi lopulta jyrkästi ja äänekkäästi: "ei".
Das Thema, dass er ein Bier trank, wurde danach nicht mehr erwähnt.
Sitten hänen oluensa juomisesta ei enää puhuttu.
Er hatte die finanzielle Situation bereits zuvor erläutert.
Hän oli jo aiemmin selittänyt taloudellisen tilanteensa.
Tatsächlich sprach er schon am ersten Tag über Finanzen.
Itse asiassa hän mainitsi talousasiat heti ensimmäisenä päivänä.
Er machte ihnen die Aussichten deutlich.
Hän teki heille hyvin selväksi tulevaisuudennäkymät.
Sein eigenes Unternehmen war vor etwa fünf Jahren zusammengebrochen.
Hänen oma yrityksensä oli kaatunut noin viisi vuotta sitten.
Hin und wieder stand er auf, um den Tisch zu verlassen.
Aina silloin tällöin hän nousi seisomaan poistuakseen pöydästä.
Und er ging zur Kasse seines alten Geschäfts.
Ja hän meni vanhan yrityksensä kassalle.
Aus Sentimentalität hatte er die Kasse aufgehoben.
Hän oli säästänyt kassakoneen tunteellisuudesta.
Gregor hörte, wie er ein schweres und kompliziertes Schloss öffnete.
Gregor kuuli hänen avaavan raskasta ja monimutkaista lukkoa.
Und er holte Quittungen und Bücher aus der Kasse.
Ja hän otti kassasta kuitteja ja kirjoja.
Nachdem er die Gegenstände an sich genommen hatte, schloss er die Geldkassette wieder ab.
Otettuaan esineet hän lukitsi kassan uudelleen.
Gregor hatte seit seiner Gefangennahme keine guten Nachrichten mehr erhalten.
Gregor ei ollut kuullut hyviä uutisia vankeutensa jälkeen.
Er glaubte, das Geschäft habe seinen Vater in den Ruin getrieben.
getrieben.

Hän luuli yrityksen ajaneen hänen isänsä konkurssiin.

Dieser Eindruck war Gregor vom Vater sicherlich vermittelt worden.

Isä oli varmasti antanut Gregorille sellaisen vaikutelman.

Und Gregor fragte ihn nie wieder nach den Finanzen.

Eikä Gregor koskaan kysynyt häneltä enempää raha-asioista.

Gregor wollte alles tun, was er konnte, um der Familie zu helfen.

Gregor halusi tehdä kaikkensa auttaakseen perhettä.

Er wollte ihnen helfen, das geschäftliche Unglück zu vergessen.

Hän halusi auttaa heitä unohtamaan liike-elämän epäonnen.

Der Bankrott, der zur völligen Hoffnungslosigkeit führte.

Konkurssi, joka johti täydelliseen toivottomuuteen.

So begann er mit einer ganz besonderen Leidenschaft zu arbeiten.

niinpä hän alkoi työskennellä aivan erityisellä intohimolla.

Er war quasi über Nacht zum Handelsreisenden geworden.

Hänestä oli tullut kauppamatkustaja lähes yhdessä yössä.

Davor hatte er lediglich als schlecht bezahlter Angestellter gearbeitet.

Sitä ennen hän oli työskennellyt vain pienipalkkaisena virkailijana.

Nun boten sich ihm völlig andere Verdienstmöglichkeiten.

Nyt hänellä oli täysin erilaiset ansaintamahdollisuudet.

Erfolgreiche Verkäufe konnten sofort in Bargeld umgewandelt werden.

Onnistuneet myynnit voitaisiin muuttaa välittömästi rahaksi.

Das Geld wird natürlich aus seinen Provisionen ausgezahlt.

Rahat tietenkin maksetaan hänen palkkioistaan.

Nun konnte Gregor Geld auf den Familientisch bringen.

Nyt Gregor pystyi laittamaan rahaa perheen pöytään.

Und sie waren erstaunt und erfreut über seinen Verdienst.

Ja he olivat hämmästyneitä ja iloisia hänen ansioistaan.

Aber diese schönen Zeiten werden sich nicht wiederholen.

Mutta nuo kauniit ajat eivät toistu enää.

Sie hatten sich gerade erst an diese schönen Zeiten gewöhnt.

He olivat vasta tottuneet näihin hyviin aikoihin.
Jeden Zahltag nahm die Familie das Geld dankbar entgegen.
Joka palkkapäivä perhe otti rahat kiitollisena vastaan.
**Und Gregor war ebenso gern bereit, das Geld
herauszugeben.**
Ja Gregor oli yhtä iloinen voidessaan luovuttaa rahat.
**Doch die im Gegenzug entgegengebrachte herzliche
Zuneigung erlosch allmählich.**
Mutta vastavuoroisesti annettu lämmin kiintymys kuoli
hitaasti.
Nur seine Schwester stand Gregor noch so nahe wie zuvor.
Vain hänen sisarensa pysyi yhtä läheisenä Gregorille kuin
ennen.
**Im Gegensatz zu Gregor hatte sie eine tiefe Wertschätzung
für Musik.**
Hän, toisin kuin Gregor, arvosti syvästi musiikkia.
Und sie konnte sehr berührend Geige spielen.
Ja hän osasi soittaa viulua hyvin koskettavasti.
**Gregor plante insgeheim, sie auf eine Musikschule zu
schicken.**
Gregor suunnitteli salaa lähettävänsä hänet musiikkikouluun.
**Er hatte noch nicht entschieden, wie er die Kosten decken
würde.**
Hän ei ollut vielä päättänyt, miten kulut maksaisi.
Aber irgendwie würde er die Kosten decken.
Mutta tavalla tai toisella hän kattaisi kustannukset.
**Gelegentlich unternahmen Gregor und seine Familie
Kurztrips.**
Gregor ja perhe tekivät silloin tällöin lyhyitä matkoja.
**Gregor und seine Schwester sprachen oft über dieses
Thema.**
Gregor ja sisko ottivat asian usein esille.
Es wurde aber immer nur als eine wunderbare Idee erwähnt.
Mutta sitä on aina mainittu vain loistavana ideana.
**Sie glaubten nicht wirklich, dass der Traum in Erfüllung
gehen könnte.**
He eivät oikeasti uskoneet unelman toteutuvan.

Und den Eltern gefielen solche fantasievollen Ambitionen
nicht.
Ja vanhemmat eivät pitäneet sellaisista mielikuvituksellisista
tavoitteista.
Selbst wenn das Thema ganz harmlos angesprochen wurde.
Vaikka aihe nostettiin esiin hyvin viattomasti.
Gregor dachte aber weiterhin an die Musikschule.
Mutta Gregor jatkoi musiikkikoulun miettimistä.
Und er hatte vor, das Geschenk am Heiligabend
anzukündigen.
Ja hän aikoi ilmoittaa lahjan jouluaattona.
In seinem jetzigen Zustand wäre das natürlich unmöglich.
Nykyisessä tilanteessa se olisi tietenkin mahdotonta.
Doch solche Gedanken gingen ihm durch den Kopf.
Mutta tuollaisia ajatuksia pyöri hänen päässään.
Und solche Gedanken kamen ihm, während er der Familie
zuhörte.
Ja hänellä oli sellaisia ajatuksia kuunnellessaan perhettä.
Manchmal war er zu müde, um ihnen weiter zuzuhören.
Välillä hän oli liian väsynyt kuunnellakseen heitä.
Vor Erschöpfung sank sein Kopf gegen die Tür.
Hänen päänsä painui väsymyksestä oveen.
Doch er legte sofort wieder seinen Kopf gegen die Tür.
Mutta heti hän painoi päänsä taas oveen.
Denn selbst das leiseste Geräusch war draußen zu hören.
Koska pienimmätkin äänet kuuluivat ulkoa.
Und jedes Geräusch, das er machte, brachte die Familie zum
Schweigen.
Ja kaikki hänen päästämänsä äänet hiljensivät perheen.
„Was macht er denn jetzt?", fragte der Vater die Familie.
"Mitä hän nyt tekee?" isä kysyi perheeltä.
Und er ging zur Tür, um nachzusehen, was das Geräusch
verursachte.
Ja hän meni ovelle tarkistamaan, mistä ääni kuului.
Und dann wurde das unterbrochene Gespräch allmählich
wieder aufgenommen.
Ja sitten keskeytynyt keskustelu jatkui vähitellen.

Was der Vater aber sagte, überraschte alle auf positive Weise.

Mutta isän sanat yllättivät kaikki positiivisesti.

Gregor erfuhr nun den wahren Stand der Finanzen.

Gregor sai nyt tietää raha-asioiden todellisen tilanteen.

Trotz all des Unglücks gab es auch etwas Glück.

Kaikista vastoinkäymisistä huolimatta oli mukana myös onnea.

Ein kleines Vermögen aus alten Zeiten war noch vorhanden.

Hyvin pieni omaisuus menneiltä ajoilta oli vielä siellä.

Der Vater erklärte die Dinge, musste sich aber wiederholen.

Isä selitti asiat, mutta joutui toistamaan itseään.

Weil er sich eine Weile nicht mehr mit diesen Dingen befasst hatte.

Koska hän ei ollut käsitellyt näitä asioita vähään aikaan.

Und weil die Mutter solche Dinge nicht verstand.

Ja koska äiti ei ymmärtänyt sellaisia asioita.

Die Zinssätze der Bank waren etwas gestiegen.

Pankkien korot olivat nousseet hieman.

Das unberührte Geld hatte sich stärker erhöht als erwartet.

Koskemattoman rahan määrä oli kasvanut odotettua enemmän.

Darüber hinaus hatte Gregor ihnen immer seine Ersparnisse gegeben.

Lisäksi Gregor oli aina antanut heille säästönsä.

Er hatte nur wenige Gulden für sich behalten.

Hän oli pitänyt itsellään vain muutaman guldenin.

Und sein Geld war auch noch nicht vollständig aufgebraucht.

Eikä hänen rahansakaan olleet kokonaan käytetty loppuun.

Zusammen hatte sich dieses Geld zu einem kleinen Kapital angesammelt.

Yhdessä tämä raha oli kerryttänyt pieneksi pääomaksi.

Gregor nickte hinter seiner Tür eifrig zu der Nachricht.

Gregor nyökkäsi ovensa takana innokkaasti uutisille.

Er war erfreut über diese unerwartete Vorsicht und Sparsamkeit.

Sparsamkeit.

Hän oli mielissään tästä odottamattomasta varovaisuudesta ja säästäväisyydestä.

Die überschüssigen Mittel hätten zur Tilgung der Schulden verwendet werden können.

Ylimääräiset varat olisi voitu käyttää velan maksuun.

Dann hätten sie dem Chef nichts mehr geschuldet.

Silloin he eivät olisi enää velkaa pomolle mitään.

Und Gregor hätte schon viel früher eine neue Stelle annehmen können.

Ja Gregor olisi voinut siirtyä uuteen työhön paljon aikaisemmin.

Aber so, wie der Vater es arrangiert hatte, war es jetzt viel besser.

Mutta isän järjestelyt olivat nyt paljon parempia.

Das Geld reichte nicht ganz zum Leben von den Zinsen.

Rahat eivät aivan riittäneet elämiseen koroilla.

Und ein Teil des Geldes musste für Notfälle zurückgelegt werden.

Ja rahaa piti varata myös hätätilanteita varten.

Das Geld hätte nur für ein oder zwei Jahre gereicht.

Rahaa olisi riittänyt vain vuodeksi tai kahdeksi.

Das bedeutete, dass jemand Geld verdienen musste, damit sie leben konnten.

Tämä tarkoitti sitä, että jonkun piti ansaita rahaa elääkseen.

Der Vater war nicht krank und er war stark genug.

Isä ei ollut sairas, ja hän oli tarpeeksi vahva.

Doch er war seit mehr als fünf Jahren arbeitslos.

Mutta hän oli ollut työttömänä yli viisi vuotta.

Und aufgrund seines Alters hatte er kaum noch Selbstvertrauen.

Ja ikänsä vuoksi hänellä oli vain vähän itseluottamusta jäljellä.

Er hatte in letzter Zeit auch deutlich an Gewicht zugenommen.

Hän oli myös lihonnut paljon viime aikoina.

Sein Leben war stets mühsam und erfolglos gewesen.

Hänen elämänsä oli aina ollut rankkaa ja epäonnistunutta.

Und dies war der erste Urlaub, den er je verbracht hatte.

Ja tämä oli ollut hänen ensimmäinen lomansa.

Und da er nicht beschäftigt war, war er ziemlich ungeschickt geworden.

Ja ilman kiireisyyttä hänestä oli tullut melko kömpelö.

Wäre es besser, wenn die alte Mutter das Geld verdienen würde?

Olisiko parempi, jos vanha äiti ansaitsisi rahat?

Die alte Mutter, die an Asthma litt.

Vanha äiti, joka oli kärsinyt astmasta.

Die alte Mutter, die Mühe hatte, die Treppe hinaufzugehen.

Vanha äiti, joka kamppaili portaiden ylös kävelemisen kanssa.

Die alte Mutter, die ihre Zeit damit verbrachte, auf dem Sofa zu liegen.

Vanha äiti, joka vietti aikansa sohvalla maaten.

Die alte Mutter, die es vorzog, am Fenster zu sitzen.

Vanha äiti, joka mieluiten pysytteli ikkunan vieressä.

Damit sie bei Bedarf durchatmen konnte.

Jotta hän saisi hengähtää tarvittaessa.

Wäre es besser, wenn die jüngere Schwester das Geld verdienen würde?

Olisiko parempi, jos nuori sisko ansaitsisi rahat?

Die Schwester, die mit siebzehn Jahren noch ein Kind war.

Sisko, joka seitsemäntoistavuotiaana oli vielä lapsi.

Die Schwester, die nur wenige, bescheidene Freuden hatte.

Sisko, jolla oli vain muutamia vaatimattomia nautintoja.

Die Schwester, die am liebsten Geige spielte.

Sisko, joka nautti pääasiassa viulunsoitosta.

Sie wusste, dass ihr bisheriger Lebensstil sehr beneidenswert war;

Hän tiesi, että hänen aiempi elämäntapansa oli hyvin kadehdittava;

Sich schick anziehen, ausschlafen, im Haushalt helfen.

Pukeudu siististi, herää myöhään ja auta kotona.

Das Gespräch drehte sich oft um die Notwendigkeit, Geld zu verdienen.

Keskustelu kääntyi usein rahan ansaitsemisen tarpeeseen.

Gregor war immer der Erste, der die Tür losließ.

Gregor oli aina ensimmäinen, joka päästi irti ovesta.

Das Gespräch erfüllte ihn mit Scham und Trauer.

Keskustelu kuumensi häntä häpeästä ja surusta.

Also warf er sich auf das kühle Ledersofa.

Niinpä hän heittäytyi viilentyvälle nahkasohvalle.

Und den Rest der Nacht verbrachte er oft auf dem Sofa.

Ja hän vietti usein loppuyön sohvalla.

Er hat nie wirklich auf dem Sofa geschlafen, auch nicht nachts.

Hän ei koskaan oikeasti nukkunut sohvalla eikä öisin.

Oft kratzte er stundenlang an dem Leder.

Usein hän vain raapi nahkaa tuntikausia putkeen.

Manchmal schob er den Sessel ans Fenster.

Toisinaan hän työnsi nojatuolin ikkunaa vasten.

Allein dies erforderte von seiner Seite einen erheblichen Aufwand.

Jo tämä vaati häneltä valtavasti ponnisteluja.

Der Sessel half ihm, auf die Fensterbank zu klettern.

Nojatuoli auttoi häntä ryömiä ikkunalaudalle.

Und von dort aus konnte er sich ans Fenster lehnen.

Ja sieltä hän pystyi nojaamaan ikkunaan.

Er empfand dabei stets ein großes Gefühl der Freiheit.

Hän tunsi ennen suurta vapauden tunnetta tehdessään tätä.

Vielleicht suchte er nach einem alten, befreienden Gefühl.

Ehkä hän etsi jotain vanhaa vapauttavaa tunnetta.

Doch seine Sehkraft war nicht mehr so scharf wie früher.

Mutta hänen näkönsä ei ollut enää yhtä terävä kuin ennen.

Dinge in geringer Entfernung waren verschwommen und undeutlich.

Pienen matkan päässä olevat asiat olivat sumeita ja epäselviä.

Er konnte das Krankenhaus auf der anderen Straßenseite nicht mehr sehen.

Hän ei enää nähnyt tien toisella puolella olevaa sairaalaa.

Vorher hatte er den Anblick verflucht, jetzt wollte er ihn sehen.

Ennen hän oli kironnut näkymää, nyt hän halusi nähdä sen.

Er wusste, dass er in der ruhigen, städtischen
Charlottenstraße wohnte.
Hän tiesi asuvansa hiljaisella, urbaanilla Charlottenstrassella.
Aber vielleicht dachte er, er blicke in die Wüste.
Mutta hän on ehkä luullut katselevansa aavikkoon.
Eine Ödnis, wo grauer Himmel und graue Erde
verschmolzen.
Autiomaa, jossa harmaa taivas ja harmaa maa yhdistyivät.
Zweimal bemerkte die aufmerksame Schwester, dass der
Stuhl verschoben worden war.
Tarkkaavainen sisar huomasi kahdesti tuolin liikkuneen.
Nachdem sie aufgeräumt hatte, schob sie den Stuhl zurück
ans Fenster.
Siivottuaan hän työnsi tuolin takaisin ikkunan viereen.
Und von nun an ließ sie sogar den Fensterflügel offen.
Ja tästä lähtien hän jätti jopa ikkunanpuitteet auki.
Gregor wünschte sich sehr, er hätte mit seiner Schwester
sprechen können.
Gregor todella toivoi, että olisi voinut puhua sisarelleen.
Er wollte ihr für alles danken, was sie für ihn getan hatte.
Hän halusi kiittää naista kaikesta, mitä tämä oli tehnyt hänen
hyväkseen.
Dann hätte er ihre Dienste leichter toleriert.
Silloin hän olisi sietänyt heidän palveluksiaan helpommin.
Doch so wie die Dinge standen, litt er darunter, dass sie ihm
half.
Mutta asiaintilan mukaan hän kärsi siitä, että nainen auttoi
häntä.
Die Schwester versuchte natürlich, die Peinlichkeit zu
überspielen.
Sisko tietenkin yritti peitellä hämmennystä.
Und sie tat ihr Bestes, so zu tun, als ob sie sich nicht belastet
fühlte.
Ja hän teki parhaansa teeskennelläkseen, ettei tuntisi oloaan
taakaksi.
Natürlich musste sie das erst einmal üben.
Tietenkin tämä on asia, jota hänen piti harjoitella ensin.

Und je mehr Zeit verging, desto besser wurde sie darin.
Ja mitä enemmän aikaa kului, sitä paremmin hän siinä pärjäsi.
**Gregor erhielt jedoch auch mehr Zeit, um ihr
Täuschungsmanöver zu durchschauen.**
Mutta Gregorille annettiin myös enemmän aikaa nähdä hänen
teeskentelynsä.
**Schon das Betreten seines Zimmers durch sie war für ihn
eine Tortur.**
Jopa hänen huoneeseensa astuminen oli hänelle koettelemus.
Kaum war sie eingetreten, rannte sie direkt zum Fenster.
Heti sisään astuttuaan hän juoksi suoraan ikkunalle.
Sie nahm sich nicht einmal die Zeit, die Tür zu schließen.
Hän ei edes vaivautunut sulkemaan ovea.
**Normalerweise ersparte sie allen den Anblick von Gregors
Zimmer.**
Yleensä hän säästi kaikkien Gregorin huoneen näkemisen.
Und mit hastigen Händen riss sie das Fenster auf.
Ja hän repäisi ikkunan auki kiireisillä käsillään.
Dann atmete sie wieder, als ob sie erstickt wäre.
Sitten hän hengitti uudelleen aivan kuin olisi tukehtunut.
Die einströmende Luft war kalt, und sie atmete tief durch.
Sisään tuleva ilma oli kylmää, ja hän hengitti syvään.
Dennoch blieb sie noch eine Weile am Fenster stehen.
Mutta hän pysyi silti ikkunan ääressä jonkin aikaa.
Mit dieser Routine ängstigte sie Gregor zweimal täglich.
Hän pelotti Gregoria kahdesti päivässä tällä rutiinilla.
Während sie im Zimmer war, zitterte er unter dem Sofa.
Hänen ollessaan huoneessa mies tärisi sohvan alla.
Er wusste, dass sie ihm diese Tortur gern erspart hätte.
Hän tiesi, että nainen olisi halunnut säästää hänet tältä
koettelemukselta.
**Aber sie konnte nicht in dem Zimmer sein, wenn das
Fenster geschlossen war.**
Mutta hän ei voinut olla huoneessa, jonka ikkuna oli kiinni.
Einmal kam sie etwas früher.
Kerran hän tuli sisään vähän aikaisemmin.
Vermutlich etwa einen Monat nach Gregors Verwandlung.

Todennäköisesti noin kuukausi Gregorin muodonmuutoksen
jälkeen.
Sie hatte sich ein wenig an sein neues Aussehen gewöhnt.
Hän oli jo jonkin verran tottunut hänen uuteen ulkonäköönsä.
**Sie hatte also keinen Grund mehr, besonders schockiert zu
sein.**
Joten hänellä ei ollut enää mitään syytä olla erityisen
järkyttynyt.
**Sie fand ihn immer noch regungslos aus dem Fenster
starrend vor.**
Hän huomasi miehen tuijottavan yhä liikkumattomana ulos
ikkunasta.
**Er befand sich am schrecklichsten Ort, an dem er hätte sein
können.**
Hän oli kamalimmassa paikassa, missä hän vain voi olla.
**Er wäre nicht überrascht gewesen, wenn sie nicht
hereingekommen wäre.**
Hän ei olisi yllättynyt, ellei nainen olisi tullut sisään.
Er hinderte sie daran, das Fenster zu öffnen.
Missä häntä esti avaamasta ikkunaa.
Sie verließ schnell wieder das Zimmer und schloss die Tür.
Hän poistui nopeasti huoneesta uudelleen ja sulki oven.
**Ein Fremder hätte zu allen möglichen Schlussfolgerungen
gelangen können.**
Muukalainenkin olisi voinut tehdä kaikenlaisia
johtopäätöksiä.
Vielleicht wartete er nur auf die Gelegenheit, sie zu beißen.
Ehkä hän vain odotti tilaisuutta purra häntä.
Gregor versteckte sich natürlich sofort unter dem Sofa.
Gregor tietenkin piiloutui heti sohvan alle.
**Doch er musste bis Mittag warten, bis seine Schwester
zurückkehrte.**
Mutta hänen täytyi odottaa puoleenpäivään asti, että hänen
sisarensa palaisi.
Und sie wirkte viel unruhiger als sonst.
Ja hän vaikutti paljon levottomammalta kuin tavallisesti.

Ihm wurde klar, dass der Anblick von ihm immer noch
unerträglich war.
Hän tajusi, että hänen näkemisensä oli yhä sietämätöntä.
Der Anblick von ihm würde für sie weiterhin unerträglich
bleiben.
Hänen näkemisensä tulisi jäämään hänelle sietämättömäksi.
Sie konnte es wahrscheinlich nicht ertragen, auch nur einen
Teil von ihm zu sehen.
Hän ei luultavasti kestäisi nähdä mitään osaa hänestä.
Ein kleines Teil ragte immer unter dem Sofa hervor.
Pieni osa työntyi aina sohvan alta esiin.
Eines Tages trug er ein Bettlaken auf dem Rücken zum Sofa.
Eräänä päivänä hän kantoi lakanan selällään sohvalle.
Er wollte verhindern, dass sie irgendetwas von ihm sah.
Hän halusi säästää naisen näkemästä mitään osaa hänestä.
Er richtete das Bettlaken so aus, dass er vollständig verdeckt
war.
Hän järjesteli lakanan niin, että hän oli kokonaan piilossa.
Selbst wenn sie sich bückte, könnte sie ihn nicht sehen.
Vaikka hän kumartuisi, hän ei näkisi häntä.
Für Gregor dauerte die gesamte Arbeit mehr als drei
Stunden.
Koko ponnistus vei Gregorilta yli kolme tuntia.
Möglicherweise hielt sie das Bettlaken für überflüssig.
Hän on ehkä ajatellut, että lakanat olivat tarpeettomia.
Sie hätte gewusst, dass er das Bettlaken nicht wollte.
Hän olisi tiennyt, ettei hän halunnut lakanoita.
Er tat es zu ihrem Wohlbefinden und nicht für sich selbst.
Hän teki sen hänen mukavuutensa vuoksi, eikä itsensä vuoksi.
Und sie hätte das Bettlaken abnehmen können, wenn sie
gewollt hätte.
Ja hän olisi voinut ottaa lakanan pois, jos olisi halunnut.
Aber sie ließ das Bettlaken dort, wo Gregor es hingelegt
hatte.
Mutta hän jätti lakanan siihen, mihin Gregor oli sen laittanut.
Und Gregor glaubte sogar, einen dankbaren Blick erhascht
zu haben.

Ja Gregor jopa luuli nähneensä kiitollisen katseen.

Er hatte das Bettlaken vorsichtig mit dem Kopf angehoben.

Hän oli varovasti nostanut lakanan ylös päällään.

Er wollte herausfinden, ob seiner Schwester die Vereinbarung gefiel.

Hän halusi nähdä, tykkäisikö hänen siskonsa järjestelystä.

Die ersten zwei Wochen waren für die Eltern am schwierigsten.

Kaksi ensimmäistä viikkoa olivat vanhemmille vaikeimmat.

Sie brachten es nicht übers Herz, hereinzukommen und ihn zu sehen.

He eivät kyenneet tulemaan sisään ja näkemään häntä.

Er belauschte in dieser Zeit viele ihrer Gespräche.

Hän kuuli sattumalta monia heidän keskustelujaan tuolloin.

Sie nahmen alles, was die Schwester tat, voll und ganz zur Kenntnis.

He tunnustivat täysin kaiken, mitä sisar teki.

Auch wenn sie früher oft verärgert über sie waren.

Vaikka he olivatkin usein ärsyyntyneitä häneen.

Weil sie ein ziemlich nutzloses Mädchen gewesen zu sein schien.

Koska hän oli vaikuttanut jotenkin hyödyttömältä tytöltä.

Nun warteten sie auf der anderen Seite des Raumes.

Nyt he odottivat huoneen toisella puolella.

Und sie war es, die den Raum betrat, um alles zu erledigen.

Ja hän meni huoneeseen tekemään kaiken.

Sobald sie herauskam, wollten sie alles wissen.

Heti kun hän tuli ulos, he halusivat tietää kaiken.

Sie musste ihnen genau beschreiben, wie das Zimmer aussah.

Hänen täytyi kertoa heille tarkalleen, miltä huone näytti.

„Was hat Gregor gegessen? Wie hat er sich diesmal verhalten?"

"Mitä Gregor söi? Miten hän käyttäytyi tällä kertaa?"

„War vielleicht eine leichte Verbesserung zu bemerken?"

"Oliko kenties havaittavissa pientä parannusta?"

Die Mutter war übrigens tatsächlich mutiger.

Äiti oli muuten itse asiassa rohkeampi.

Und natürlich war es ihr eigener Sohn im Zimmer.

Ja tietenkin huoneessa oli hänen oma poikansa.

Sie wollte Gregor eigentlich schon bald besuchen.

Hän halusi itse asiassa vierailla Gregorin luona suhteellisen pian.

Doch der Vater und die Schwester hielten sie zunächst zurück.

Mutta isä ja sisko aluksi pidättelivät häntä.

Sie brachten sehr rationale Argumente dafür vor, dass sie nicht gehen sollte.

He esittivät hyvin järkeviä perusteluja sille, miksi hän ei lähtisi.

Gregor hörte ihren Argumenten sehr aufmerksam zu.

Gregor kuunteli heidän perustelujaan hyvin tarkasti.

Und er akzeptierte die Argumentation genauso wie seine Mutter.

Ja hän hyväksyi perustelun yhtä lailla kuin äitinsäkin.

Später musste sie jedoch mit Gewalt zurückgehalten werden.

Myöhemmin hänet kuitenkin jouduttiin pidättämään väkisin.

"Lasst mich zu Gregor hinein, er ist mein unglücklicher Sohn!"

"Päästä minut sisään Gregorin luo, hän on minun onneton poikani!"

"Verstehst du denn nicht, dass ich ihn aufsuchen muss?"

"Etkö ymmärrä, että minun täytyy mennä tapaamaan häntä?"

Gregor ließ sich ebenfalls von den Argumenten seiner Mutter überzeugen.

Äitinsä argumentit vakuuttivat myös Gregorin.

Vielleicht hatte sie recht; es wäre gut, wenn sie hereinkäme.

Ehkä hän oli oikeassa; olisi hyvä, jos hän tulisi sisään.

Ihn jeden Tag zu besuchen, wäre viel zu viel.

Olisi aivan liikaa tulla hänen näköisiksi joka päivä.

Aber ihn vielleicht einmal pro Woche zu sehen, könnte genügen.

genügen.

Mutta ehkä kerran viikossa näkeminen saattaisi riittää.

Sie versteht die Dinge vielleicht viel besser als die Schwester.

Hän saattaa ymmärtää asioita paljon paremmin kuin sisko.

Trotz all ihres Mutes war sie doch nur ein Kind.

Kaikesta rohkeudestaan huolimatta hän oli vielä lapsi.

Vielleicht war es kindliche Unbekümmertheit, die sie dazu veranlasste, diese Aufgabe anzunehmen.

Ehkä lapsellinen holtittomuus sai hänet ottamaan tehtävän vastaan.

Doch Gregors Wunsch, seine Mutter wiederzusehen, ging bald in Erfüllung.

Mutta Gregorin toive nähdä äitinsä kävi pian toteen.

Tagsüber hielt sich Gregor vom Fenster fern.

Päivällä Gregor pysytteli poissa ikkunasta.

Dies tat er aus Rücksicht auf seine Eltern.

Tämän hän teki vanhempiaan kohtaan tuntemasta kunnioituksesta.

Er hatte nicht viel Platz, um auf dem Boden herumzukriechen.

Hänellä ei ollut paljon tilaa ryömiä lattialla.

Es fiel ihm schwer, nachts still zu liegen.

Hänen oli vaikea maata paikallaan yöllä.

Das Essen bereitete ihm nicht einmal mehr die geringste Freude.

Syöminen ei enää tuottanut hänelle pienintäkään nautintoa.

Natürlich musste er sich irgendwie ablenken.

Tietenkin hänen täytyi keksiä jokin tapa viihdyttää itseään.

Um sich die Zeit zu vertreiben, kletterte er die Wände rauf und runter.

Viihdyttääkseen itseään hän ryömi seiniä ylös ja alas.

Und er kroch auch kopfüber an der Decke entlang.

Ja hän myös ryömi kattoa pitkin ylösalaisin.

Besonders glücklich war er, als er von der Decke hing.

Hän oli erityisen iloinen roikkuessaan katosta.

Es war etwas völlig anderes, als auf dem Boden zu liegen.

Se oli aivan erilaista kuin lattialla makaaminen.

In dieser Position fiel ihm das Atmen deutlich leichter.

Hänen oli paljon helpompi hengittää tässä asennossa.

Ein leichtes, aber angenehmes Kribbeln durchfuhr seinen Körper.

Lievä mutta miellyttävä värinä kulki hänen kehonsa läpi.

Manchmal gab er sich seinem Glück sogar zu sehr hin.

Joskus hän jopa rentoutui liikaa onnensa vuoksi.

Manchmal ließ er sich ablenken und ließ die Decke los.

Joskus hän herpaantui ja päästi irti katosta.

Und zu seiner eigenen Überraschung landete er wieder auf dem Boden.

Ja omaksi yllätyksekseen hän laskeutui takaisin maahan.

Aber er hatte seinen Körper deutlich besser unter Kontrolle als zuvor.

Mutta hän hallitsi kehoaan paljon paremmin kuin ennen.

So verletzte er sich nun nicht mehr bei so heftigen Stürzen.

Joten hän ei nyt loukannut itseään niin suurista kaatumisista.

Die Schwester bemerkte sofort Gregors neue Freude.

Sisko huomasi heti Gregorin uuden nautinnon.

Und dort, wo er gekrochen war, waren Klebstoffreste zu sehen.

Ja siellä missä hän oli ryöminyt, oli jälkiä liimasta.

Auch hier dachte die Schwester an Gregors Wohlbefinden.

Tässäkin sisar ajatteli Gregorin hyvinvointia.

Vielleicht würde er mehr Platz zum Herumkriechen begrüßen.

Ehkä hän arvostaisi enemmän tilaa liikkua.

Und der Gedanke hatte sich fest in ihrem Kopf verankert.

Ja ajatus juurtui lujasti hänen päähänsä.

Einige der großen Möbelstücke behinderten seine Bewegungsfreiheit.

Jotkut suuret huonekalut estivät hänen vapaata liikkumistaan.

Da er nicht mehr arbeitete, brauchte er den Schreibtisch nicht mehr.

Hän ei enää tehnyt töitä, joten hän ei tarvinnut työpöytää.

Und die Schachtel nahm auch mehr Platz ein als nötig. ***

Ja laatikko vei myös enemmän tilaa kuin sen olisi tarvinnut.

***

Die Schwester war nicht in der Lage, diese Dinge allein zu bewegen.

Sisko ei pystynyt siirtämään näitä asioita yksin.

Natürlich wagte sie es nicht, den Vater um Hilfe zu bitten.

Tietenkään hän ei uskaltanut pyytää isältä apua.

Das Dienstmädchen hätte ihr sicherlich auch nicht geholfen.

Palvelijatarkaan ei olisi varmasti auttanut häntä.

Das neue Dienstmädchen war tatsächlich ein Jahr jünger als sie.

Uusi palvelijatar oli itse asiassa vuotta häntä nuorempi.

Sie hatte mutig die Rolle der ehemaligen Magd übernommen.

Hän oli rohkeasti ottanut entisen palvelijattaren roolit.

Doch ein Privileg wollte sie unbedingt haben.

Mutta oli yksi etuoikeus, jota hän ehdottomasti vaati.

Sie wollte die Küche stets verschlossen halten.

Hän halusi pitää keittiön lukossa koko ajan.

Daher blieb der Schwester nichts anderes übrig, als ihre Mutter zu fragen.

Niinpä siskolla ei ollut muuta vaihtoehtoa kuin kysyä äidiltään.

Unter Freudenschreien kam die Mutter herbei, um zu helfen.

Äiti tuli auttamaan ilonhuudoissa.

Doch an der Tür zu Gregors Zimmer verstummte sie.

Mutta hän vaikeni Gregorin huoneen ovella.

Die Schwester überprüfte, ob im Zimmer alles in Ordnung war.

Sisar tarkisti, että huoneessa oli kaikki hyvin.

Gregor hatte das Bettlaken hastig noch straffer gezogen.

Gregor oli kiireesti vetänyt lakanan entistä tiukemmalle.

Obwohl das Bettlaken immer noch willkürlich angeordnet aussah.

Vaikka lakanat näyttivät edelleen sattumanvaraisesti järjestetyiltä.

Erst dann ließ sie ihre Mutter ins Zimmer.
Ja vasta sitten hän päästi äitinsä sisään huoneeseen.
Gregor verzichtete auch darauf, unter dem Laken hervorzuspähen.
Gregor pidättäytyi myös vakoilemasta lakanan alta.
Er beschloss, diesmal auf einen Besuch bei seiner Mutter zu verzichten.
Hän päätti olla näkemättä äitiään tällä kertaa.
Gregor war schon froh genug, dass sie überhaupt gekommen war.
Gregor oli tyytyväinen, että hän oli ylipäätään tullut sisään.
„Komm herein, du kannst ihn nicht sehen", sagte die Schwester.
"Tule sisään, et voi nähdä häntä", sanoi sisar.
Gregor nahm an, dass sie ihre Mutter an der Hand führte.
Gregor oletti, että hän talutti äitiään kädestä.
Dann hörte er, wie die beiden schwachen Frauen die Möbel verrückten.
Sitten hän kuuli kahden heikon naisen siirtelevän huonekaluja.
Die Schwester schien den größten Teil der Arbeit für sich zu beanspruchen.
Sisko näytti tekevän suurimman osan työstä itselleen.
Ihre Mutter befürchtete, sie würde sich überanstrengen.
Hänen äitinsä pelkäsi, että tyttö rasittaisi itseään liikaa.
Doch die Schwester schenkte diesen Warnungen keine Beachtung.
Mutta sisar ei kiinnittänyt huomiota näihin varoituksiin.
Doch auch nach fünfzehn Minuten ging es nur sehr langsam voran.
Mutta jopa viidentoista minuutin jälkeen edistyminen oli hyvin hidasta.
Es war ihnen nicht gelungen, die Möbel weit zu bewegen.
He eivät olleet onnistuneet siirtämään huonekaluja kovin pitkälle.
Langsam beschlich sie ein Gefühl der Niederlage.
He alkoivat hitaasti tuntea tappion tunnetta.

Die Mutter war die Erste, die die Sinnlosigkeit eingestand.
Äiti myönsi ensimmäisenä turhuuden.
"Vielleicht wäre es besser, die Schachtel hier zu lassen."
"Ehkä olisi parempi jättää laatikko tähän."
„Die Kiste ist zu schwer, als dass wir sie noch viel weiter bewegen könnten."
"Laatikko on liian painava, jotta voisimme siirtää sitä paljon pidemmälle."
„Und wir werden nicht fertig sein, bevor dein Vater eintrifft."
"Emmekä saa sitä valmiiksi ennen kuin isäsi saapuu."
„Wenn wir die Kiste hier lassen würden, würde das seinen Weg nur noch mehr versperren."
"Laatikon jättäminen tänne tukkisi hänen tiensä vielä enemmän."
Und können wir sicher sein, dass wir ihm damit einen Gefallen tun?
"Ja voimmeko olla varmoja, että teemme hänelle palveluksen?"
Sie begannen zu glauben, dass das Gegenteil durchaus der Fall sein könnte.
He alkoivat ajatella, että päinvastoin saattaisi hyvinkin olla totta.
Der Anblick der leeren Wand lastete schwer auf ihrem Herzen.
Tyhjän seinän näky painoi raskaasti hänen sydäntään.
Was spricht dagegen, dass Gregor das auch so empfinden würde?
Mitäpä sille, ettei Gregorkaan ajattelisi samoin?
„Er hat sich bereits an die Möbel in seinem Zimmer gewöhnt."
"Hän on jo tottunut huoneensa huonekaluihin."
„In einem leeren Zimmer könnte er sich noch verlassener fühlen."
"Hän saattaa tuntea olonsa vieläkin hylätymmäksi tyhjässä huoneessa."
Ihre Stimme war inzwischen fast zu einem Flüstern gesunken.
gesunken.

Nyt hänen äänensä oli melkein kuiskaukseksi laskeutunut.

Sie wusste tatsächlich nicht, wo sich Gregor genau aufhielt.

Hän ei oikeastaan tiennyt Gregorin tarkkaa olinpaikkaa.

Sie wollte nicht einmal, dass er ihre Stimme hörte.

Hän ei halunnut hänen edes kuulevan hänen ääntään.

Obwohl sie sich sicher war, dass er sie nicht verstand.

Vaikka hän oli varma, ettei mies ymmärtänyt häntä.

„Würde es nicht so aussehen, als hätten wir ihn völlig aufgegeben?"

"Eikö näyttäisi siltä, että olemme luopuneet hänestä kokonaan?"

"Wird er nicht das Gefühl haben, dass wir ihn mit der Situation allein lassen?"

"Eikö hänestä tule tunnetta, että jätämme hänet yksin selviytymään?"

„Wir sollten den Raum genau so verlassen, wie er war."

"Meidän pitäisi jättää huone täsmälleen sellaisenaan."

„Irgendwann wird Gregor zu uns zurückkehren, so wie er war."

"Lopulta Gregor palaa luoksemme sellaisena kuin hän oli."

„Dann wird er feststellen, dass alles noch an seinem Platz ist."

"Sitten hän huomaa, että kaikki on vielä paikoillaan."

„Und er wird die Übergangszeit viel leichter vergessen."

"Ja hän unohtaa välivaiheen paljon helpommin."

Als Gregor diese Worte hörte, begriff er etwas.

Kuullessaan nämä sanat Gregor tajusi jotakin.

Sein Verstand war in den letzten zwei Monaten verwirrt worden.

Hänen mielensä oli ollut sekaisin viimeisten kahden kuukauden aikana.

Der Mangel an menschlicher Interaktion hatte ihm nicht gutgetan.

Ihmiskontaktien puute ei ollut tehnyt hänelle hyvää.

Er brauchte das eintönige Leben im Kreise seiner Familie wirklich.

Hän todella tarvitsi yksitoikkoista elämää perheensä keskellä.

Warum sonst hätte er eine solch unsinnige Forderung gestellt?
Miksi muuten hän olisi esittänyt noin järjettömän vaatimuksen?
Welchen Sinn sollte es denn haben, sein Zimmer zu räumen?
Mitä järkeä hänen huoneensa tyhjentämisessä oli?
Das gemütliche Zimmer war mit geerbten Möbeln eingerichtet.
Mukava huone, joka on sisustettu perinnöillä huonekaluilla.
Warum sollte er diese bekannte Wärme in eine Höhle verwandeln wollen?
Miksi hän haluaisi muuttaa tämän tunnetun lämmön luolaksi?
Eine Höhle, in der er ungestört in alle Richtungen kriechen konnte.
Luola, jossa hän sai ryömiä rauhassa joka suuntaan.
Doch in einer Höhle vergaß er rasch seine menschliche Vergangenheit.
Mutta luola, jossa hän nopeasti unohti ihmismenneisyytensä.
Er fragte sich, ob er schon kurz davor war, alles zu vergessen.
Hänen täytyi miettiä, oliko hän jo lähellä unohtamista.
Die Stimme seiner Mutter hatte ihn aufgerüttelt und seine Erinnerung wachgerufen.
Äidin ääni oli saanut hänet muistamaan.
Die Stimme, die er so lange nicht gehört hatte.
Ääni, jota hän ei ollut kuullut niin pitkään aikaan.
Nichts durfte entfernt werden; alles musste bleiben.
Mitään ei saanut poistaa, kaiken piti jäädä.
Die Möbel wirkten sich positiv auf seinen Zustand aus.
Huonekalut vaikuttivat hänen vointiinsa positiivisesti.
Und ohne diesen Anker zur Vergangenheit konnte er nicht zurechtkommen.
Eikä hän selviäisi ilman tätä menneisyyden ankkuria.
Die Möbel hinderten ihn daran, sinnlos herumzukriechen.
Huonekalut estivät hänen tajuttoman ryömimisensä ympäriinsä.

Das war aber kein Verlust, sondern vielmehr ein großer
Vorteil.
Mutta se ei ollut tappio, vaan pikemminkin suuri etu.
Leider hatte die Schwester eine ganz andere Meinung.
Valitettavasti sisko oli aivan eri mieltä.
Sie war gewissermaßen zu einer Sprecherin Gregors
geworden.
Hänestä oli tullut tavallaan Gregorin tiedottaja.
Natürlich war ihre Meinung nicht völlig unberechtigt.
Hänen mielipiteensä ei tietenkään ollut täysin perusteeton.
Doch der Meinung ihrer Mutter musste hier widersprochen
werden.
Mutta tässä kohtaa hänen äitinsä mielipide oli kumottava.
Es war nicht nur die Kiste, die nun entfernt werden musste.
Eikä nyt tarvinnut poistaa vain laatikkoa.
Sein Schreibtisch und der Kleiderschrank konnten ebenfalls
nicht bleiben.
Hänen työpöytänsä ja vaatekaappinsa eivät myöskään voineet
jäädä.
Das Einzige, was unverzichtbar war, war das Sofa.
Ainoa välttämätön asia oli sohva.
Sie hat diese Entscheidung nicht aus kindischem Trotz
getroffen.
Hän ei tehnyt tätä päätöstä vain lapsellisen uhmakkuuden
vuoksi.
Es lag auch nicht an ihrem erst kürzlich gewonnenen
Selbstvertrauen.
Eikä se johtunut hänen äskettäin hankkimastaan
itseluottamuksesta.
Das neue Selbstvertrauen, das sie hatte, trieb sie an, so hart
für den Sieg zu arbeiten.
Uusi itseluottamus, jonka voittamisen eteen hänen täytyi
tehdä niin kovasti töitä.
Auch wenn niemand erwartet hatte, dass sie dazu in der
Lage sein würde.
Vaikka kukaan ei olisi odottanut hänen pystyvän siihen.
Gregor brauchte tatsächlich viel Platz zum Kriechen.

Gregor todella tarvitsi paljon tilaa ryömiäkseen.
Die Möbel schränkten den ihm zur Verfügung stehenden Raum zusätzlich ein.
Huonekalut rajoittivat vain hänen käytettävissään olevaa tilaa.
Sie konnte diese Dinge besser sehen als die Mutter.
Hän pystyi näkemään nämä asiat paremmin kuin äiti.
Aber vielleicht spielte auch ihre romantische Ader eine Rolle.
Mutta kenties myös hänen romanttisella hengellään oli osuutta asiaan.
Mädchen in diesem Alter entwickeln oft eine gewisse Begeisterung.
Tuon ikäiset tytöt saavat usein tietynlaista innostusta.
Und sie verspüren das Bedürfnis, ihren Willen durchzusetzen, wann immer es ihnen möglich ist.
Ja heillä on tarve saada tahtonsa läpi aina kun mahdollista.
Vielleicht wollte sie ihn deshalb heimlich sabotieren.
Ehkä juuri siksi hän halusi salaa sabotoida häntä.
Noch furchterregender ist er, wenn er an den Wänden entlangkriecht.
Hän on vieläkin pelottavampi ryömiessään seinillä.
Die Eltern trauten sich nicht mehr, das Zimmer zu betreten.
Vanhemmat eivät uskaltaneet enää mennä huoneeseen.
Sie wäre tatsächlich die alleinige Betreuerin ihres Bruders.
Hän olisi todellakin veljensä ainoa huoltaja.
Sie ließ sich von ihrer Mutter nicht umstimmen.
Hän ei antanut äitinsä suostutella itseään toisin.
Gregors Mutter fühlte sich in dem Zimmer bereits unwohl.
Gregorin äiti tunsi olonsa jo levottomaksi huoneessa.
Sie hörte bald auf zu sprechen und half ihrer Tochter erneut.
Pian hän lopetti puhumisen ja auttoi tytärtään uudelleen.
Mit ihren letzten Kräften entfernten sie den Kleiderschrank.
Jäljellä olevilla voimillaan he poistivat vaatekaapin.
Auf die Kommode konnte er verzichten.
Lipasto oli asia, josta hän ei voinut luopua.
Der Schreibtisch musste aber vorerst dort bleiben.
Mutta työpöytä oli saatava jäädä paikalleen toistaiseksi.

Während die Frauen weg waren, versuchte er, sich einen Überblick über den Raum zu verschaffen.
Naisten ollessa poissa hän yritti arvioida huonetta.
Und Gregor streckte seinen Kopf unter dem Sofa hervor.
Ja Gregor kurkisti päänsä sohvan alta.
Er musste sehen, was er in dieser Situation tun konnte.
Hänen oli pakko katsoa, mitä tilanteelle voisi tehdä.
Aber er war so vorsichtig und rücksichtsvoll wie möglich.
Mutta hän oli niin varovainen ja huomaavainen kuin mahdollista.
Leider war es die Mutter, die zuerst zurückkehrte.
Valitettavasti äiti palasi ensimmäisenä.
Grete war noch dabei, den Kleiderschrank im Nebenzimmer umzustellen.
Grete siirteli yhä vaatekaappia viereisessä huoneessa.
Die Mutter war den Anblick Gregors jedoch nicht gewohnt.
Mutta äiti ei ollut tottunut näkemään Gregoria.
Schon ein flüchtiger Blick auf ihn hätte sie krank machen können.
Jo pelkkä vilaus hänestä olisi voinut tehdä hänet sairaaksi.
Gregor eilte rückwärts zum anderen Ende des Sofas.
Gregor kiiruhti taaksepäin sohvan toiseen päähän.
Aber er konnte sich nicht zurücklehnen und das Bettlaken ausbalancieren.
Mutta hän ei pystynyt liikkumaan taaksepäin ja tasapainottamaan lakanoita.
Die Bewegung reichte aus, um die Aufmerksamkeit der Mutter zu erregen.
Liike riitti herättämään äidin huomion.
Sie hielt inne und verharrte einen kurzen Moment ganz still.
Hän pysähtyi ja seisoi aivan liikkumatta hetken.
Dann drehte sie sich um und verließ das Zimmer wieder.
Sitten hän kääntyi ympäri ja meni takaisin ulos huoneesta.
Gregor redete sich immer wieder ein, dass nichts Ungewöhnliches passiert sei.
Gregor toisteli itselleen, ettei mitään epätavallista tapahtunut.

„Es handelt sich lediglich um ein paar Möbelstücke, die weggebracht wurden."
"Se on vain joitakin huonekaluja, jotka on viety pois."
Doch schon bald musste er zugeben, dass ihn die Ereignisse mitgenommen hatten.
Mutta pian hänen oli myönnettävä, että tapahtumat vaikuttivat häneen.
Die Frauen hatten alles, was sie taten, auch gesagt.
Naiset olivat kertoneet kaiken, mitä he tekivät.
Sie waren im Zimmer auf und ab gegangen.
He olivat kävelleet edestakaisin huoneessa.
Das Kratzen aller Möbelstücke auf dem Boden.
Kaikkien lattialla olevien huonekalujen raapiminen.
Er hatte das Gefühl, von allen Seiten angegriffen zu werden.
Hänestä tuntui kuin häntä hyökättäisiin joka puolelta.
Er zog Kopf und Beine so fest wie möglich an.
Hän veti päänsä ja jalkansa niin tiukasti sisään kuin pystyi.
Mit aller Kraft presste er seinen Körper zu Boden.
Kaikella voimallaan hän painoi ruumiinsa maahan.
Er wusste, dass er das alles nicht mehr lange aushalten konnte.
Hän tiesi, ettei kestäisi tätä kaikkea enää kauaa.
Sie räumten sein Zimmer aus und nahmen alles mit, was ihm lieb und teuer war.
He tyhjensivät hänen huoneensa ja veivät kaiken, mitä hän rakasti.
Sie hatten bereits die Kiste mit all seinen Werkzeugen mitgenommen.
He olivat jo ottaneet laatikon, joka sisälsi kaikki hänen työkalunsa.
Nun lockerten sie seinen schweren Schreibtisch vom Boden.
Nyt he irrottivat hänen raskasta pöytäänsä maasta.
Der Schreibtisch, an dem er nach seiner Rückkehr von der Arbeit gearbeitet hatte.
Pöytä, jonka ääressä hän oli työskennellyt palattuaan töistä.
Der Schreibtisch, an dem er seine Geschäftsaufgaben erledigt hatte.

Pöytä, jolle hän oli kirjoittanut työtehtävänsä.
**Der Schreibtisch, an dem er in der Sekundarschule seine
Hausaufgaben gemacht hatte.**
Pulpetti, jolla hän oli tehnyt läksynsä yläasteella.
Ja, diesen Schreibtisch hatte er schon in der Grundschule.
Kyllä, hänellä oli ollut tämä pulpetti jo ala-asteella.
**Er hatte wirklich keine Zeit, sich von ihren guten Absichten
zu überzeugen.**
Hänellä ei todellakaan ollut aikaa vahvistaa heidän hyviä
aikomuksiaan.
**Obwohl er beinahe vergessen hatte, dass sie überhaupt da
waren.**
Vaikka hän oli melkein unohtanut heidän olevan siellä joka
tapauksessa.
Weil sie vor Erschöpfung still arbeiteten.
Koska he työskentelivät hiljaa uupumuksen vuoksi.
**Sie waren zu müde, um ihre Bewegungen jetzt noch bekannt
zu geben.**
He olivat liian väsyneitä ilmoittaakseen liikkeistään nyt.
**Alles, was er hörte, waren ihre schweren Schritte auf dem
Boden.**
Hän kuuli vain heidän raskaat askeleensa lattialla.
Genau in diesem Moment lehnten sie an der Kiste.
Juuri sillä hetkellä he nojasivat laatikkoa vasten.
Und da kam Gregor unter dem Sofa hervor.
Ja silloin Gregor tuli esiin sohvan alta.
Er änderte viermal seine Laufrichtung.
Hän muutti juoksusuuntaansa neljä kertaa.
**Er konnte sich nicht entscheiden, welcher Gegenstand zuerst
gerettet werden musste.**
Hän ei osannut päättää, mikä esine olisi pitänyt pelastaa ensin.
Plötzlich richtete sich sein Blick auf die leere Wand.
Yhtäkkiä hänen huomionsa kiinnittyi tyhjään seinään.
**Alles, was sie ihm hinterlassen hatten, war das Bild der
Dame im Pelzmantel.**
Hänelle oli jätetty vain kuva turkispuvun naisesta.
Er kroch zu dem Bild und drückte seinen Körper an sie.

Hän ryömi kuvan luo painautuakseen ruumiillaan häntä vasten.

Und sein Körper verdeckte vollständig das Bild.

Ja hänen ruumiinsa peitti kokonaan kuvan näkymän.

Das Glas stützte ihn und kühlte seinen heißen Bauch.

Lasi kannatteli häntä ja helli hänen kuumaa vatsaansa.

Dieses Foto konnte ihm nicht mehr abgenommen werden.

Tätä kuvaa ei häneltä enää voitu ottaa.

Dann wandte er den Kopf zur Wohnzimmertür.

Sitten hän käänsi päänsä olohuoneen ovea kohti.

Er wollte zusehen, wie die Frauen ins Zimmer zurückkehrten.

Hän aikoi katsoa, kun naiset palaisivat huoneeseen.

Und sie ruhten sich nicht lange aus, bevor sie wieder zurückkehrten.

Eivätkä he levänneet kauan ennen kuin palasivat takaisin.

Grete hatte den Arm um ihre Mutter gelegt, um ihr beim Gehen zu helfen.

Greten käsivarsi oli äitinsä ympärillä auttaakseen tätä kävelemään.

„Was sollen wir denn jetzt nehmen?", fragte Grete und blickte sich um.

"Mitä me nyt otamme?" sanoi Grete ja katseli ympärilleen.

Genau in diesem Moment trafen sich ihre Blicke mit Gregors.

Juuri sillä hetkellä hänen katseensa kohtasi Gregorin silmät.

Trotz des Schocks behielt sie die Fassung.

Järkytyksestä huolimatta hän säilytti mielensä.

Vermutlich nur wegen der Anwesenheit ihrer Mutter.

Todennäköisesti vain äitinsä läsnäolon ansiosta.

Sie neigte ihr Gesicht zu ihrer Mutter und verdeckte ihr die Sicht.

Hän kumartui äitiään kohti peittäen näkymän.

Und dann sagte sie, zitternd und gedankenlos:

Ja sitten hän sanoi, vaikka vapisten ja ajattelematta:

"Kommt schon, sollten wir nicht zurück ins Wohnzimmer gehen?"

"No niin, eikö meidän pitäisi mennä takaisin olohuoneeseen?"
Gregor konnte die Absichten der Schwester leicht verstehen.
Gregor ymmärsi helposti sisaren aikeet.
Ihre oberste Priorität war es, ihre Mutter in Sicherheit zu bringen.
Hänen ensimmäinen prioriteettinsa oli saada äitinsä turvaan.
Aber dann wollte sie ihn von der Mauer herunterjagen.
Mutta sitten hän aikoi ajaa hänet alas muurilta.
„Nun, sie kann es ja versuchen!", dachte Gregor bei sich.
"No, hän voi toki yrittää!" Gregor ajatteli mielessään.
Er behielt sein Bild fest im Blick und gab es nicht her.
Hän istui tiukasti kuvansa päällä eikä luopunut siitä.
Am liebsten wäre er der Schwester ins Gesicht gesprungen.
Hän olisi mieluummin hypännyt siskon naamaan.
Doch Gretes Worte hatten ihre Mutter noch mehr beunruhigt.
Mutta Greten sanat olivat huolestuttaneet hänen äitiään vielä enemmän.
Sie trat beiseite, um zu sehen, was vor ihr verborgen wurde.
Hän astui sivuun nähdäkseen, mitä häneltä salattiin.
Und sie sah den braunen Fleck auf der geblümten Tapete.
Ja hän näki ruskean tahran kukkatapetissa.
Und sie schrie auf, noch bevor sie merkte, dass es Gregor war.
Ja hän huusi ennen kuin edes tajusi, että se oli Gregor.
"Oh Gott", schrie sie mit ausgestreckten Armen.
"Voi luoja!" hän huusi kädet ojennettuina.
Und sie sank auf die Couch, als hätte sie aufgegeben.
Ja hän kaatui sohvalle kuin olisi luovuttanut.
„Gregor!", rief die Schwester ihm mit erhobener Faust zu.
"Gregor!" huusi sisar hänelle nyrkki kohotettuna.
Und sie warf ihm einen langen, harten und durchdringenden Blick zu.
Ja hän loi häneen pitkän, kovan ja läpitunkevan katseen.
Dies war das erste Mal, dass sie direkt mit ihm gesprochen hatte.
Tämä oli ensimmäinen kerta, kun hän puhui hänelle suoraan.

Sie rannte ins Nebenzimmer, um Riechsalz zu holen.
Hän juoksi viereiseen huoneeseen hakemaan tuoksusuoloja.
Sie musste ihre Mutter wieder zum Bewusstsein bringen.
Hänen täytyi saada äitinsä takaisin tajuihinsa.
**Gregor wollte helfen, er konnte das Bild später
aufbewahren.**
Gregor halusi auttaa, hän voisi tallentaa kuvan myöhemmin.
Doch er war fest an der Glasscheibe festgeklebt.
Mutta hän oli juuttunut tiukasti lasiin.
Deshalb musste er sich mit großer Kraft losreißen.
Niinpä hänen täytyi repiä itsensä irti käyttämällä paljon
voimaa.
**Auch er rannte in den nächsten Raum, wo sich die
Schwester befand.**
Hänkin juoksi viereiseen huoneeseen, jossa sisar oli.
Früher hätte er ihr vielleicht einen Rat geben können.
Ennen vanhaan hän olisi voinut antaa hänelle neuvoja.
**Doch nun konnte er nichts anderes tun, als tatenlos
zuzusehen.**
Mutta nyt hän ei voinut tehdä muuta kuin seistä
toimettomana ja katsella.
**Sie durchwühlte die Schublade und öffnete verschiedene
Flaschen.**
Hän penkoi laatikkoa ja avasi erilaisia pulloja.
Und er erschreckte sie immer noch, als sie sich umdrehte.
Ja hän pelotti häntä yhä, kun tämä kääntyi ympäri.
Eine Flasche fiel zu Boden, zerbrach und splitterte.
Pullo putosi lattialle, rikkoutui ja halkesi sirpaleiksi.
Ein Glassplitter traf Gregor im Gesicht und verletzte ihn.
Lasinsirpale osui Gregorin kasvoihin ja haavoitti häntä.
Die Flasche hatte eine Art ätzende Flüssigkeit enthalten.
Pullo oli sisältänyt jonkinlaista syövyttävää nestettä.
**Und nun brannte die ätzende Flüssigkeit auf Gregors
Gesicht.**
Ja nyt syövyttävä neste poltti Gregorin kasvoja.
**Die Schwester hatte jedoch im Moment keine Zeit für
Gregor.**

Siskolla ei kuitenkaan ollut aikaa Gregorille juuri nyt.
Sie sammelte so viele Flaschen ein, wie sie tragen konnte.
Hän keräsi niin monta pulloa kuin pystyi.
Und sie rannte mit der Medizin zurück zu ihrer Mutter.
Ja hän juoksi takaisin äitinsä luo lääkkeet mukanaan.
Sie schlug die Tür mit dem Fuß zu und schloss Gregor aus.
Hän paiskasi oven jalallaan kiinni sulkien Gregorin ulos.
Nun war er von seiner möglicherweise sterbenden Mutter abgeschnitten.
Hän oli nyt eristetty mahdollisesti kuolevasta äidistään.
Wenn er die Tür öffnete, würde er die Schwester verjagen.
Jos hän avaisi oven, hän ajaisi sisaren pois.
Aber natürlich musste sie bleiben, um sich um die Mutter zu kümmern.
Mutta tietenkin hänen täytyi jäädä huolehtimaan äidistä.
Es gab für ihn nichts anderes zu tun, als auf sie zu warten.
Hän ei voinut enää tehdä mitään muuta kuin odottaa heitä.
Von Selbstvorwürfen und Angst geplagt, begann er zu kriechen.
Itsesyytösten ja ahdistuksen vaivaamana hän alkoi ryömiä.
Er kroch überall hin; an Wänden, Möbeln, der Decke.
Hän ryömi kaikkialla: seinillä, huonekaluilla, katolla.
Er hatte das Gefühl, als würde sich der ganze Raum um ihn drehen.
Hänestä tuntui kuin koko huone pyörisi hänen ympärillään.
Schließlich fiel er, verzweifelt und schwindlig, wieder zu Boden.
Lopulta hän kaatui takaisin alas epätoivoissaan ja huimauksessa.
Und er fiel direkt auf den großen Esstisch.
Ja hän putosi suoraan ison ruokapöydän päälle.
Er lag eine Weile da, betäubt und unfähig sich zu bewegen.
Hän vietti jonkin aikaa maaten siinä, tunnottomana ja kykenemättömänä liikkumaan.
Er war erschöpft von all dem, was ihm dieser Tag gebracht hatte.
Hän oli uupunut kaikesta, mitä tämä päivä oli hänelle tuonut.

Es herrschte ringsum Stille, aber vielleicht war das ein gutes Zeichen.

Hiljaista oli kaikkialla, mutta ehkä se oli hyvä merkki.

Dann zerriss das Klingeln an der Haustür die Stille.

Sitten hiljaisuuden rikkoi ulkona soinut ovikello.

Das Dienstmädchen hatte sich natürlich in ihrer Küche eingeschlossen.

Palvelijatar oli tietenkin lukinnut itsensä keittiöönsä.

Die Schwester war also die Einzige, die die Tür öffnen konnte.

Joten sisko oli ainoa, joka pystyi avaamaan oven.

„Was ist passiert?", fragte der Vater als Erstes.

"Mitä tapahtui?" oli isän ensimmäinen kysymys.

Gretes Erscheinung hatte ihm wahrscheinlich alles verraten.

Greten ulkonäkö oli luultavasti kertonut hänelle kaiken.

Gretes Stimme wurde beim Sprechen gedämpft und dumpf.

Greten ääni vaimentui ja käheytyi hänen puhuessaan.

Sie muss ihr Gesicht an die Brust ihres Vaters gedrückt haben.

Hänen täytyi painaa kasvonsa isänsä rintaa vasten.

„Mutter war bewusstlos, aber es geht ihr jetzt besser."

"Äiti oli tajuton, mutta hän voi nyt paremmin."

„Gregor ist entkommen", fügte sie hinzu, was er auch erwartet hatte.

– Gregor on paennut, hän lisäsi, kuten Gregor oli odottanutkin.

"Ich habe dir doch immer gesagt, dass er eines Tages ausbrechen würde."

"Olen aina sanonut sinulle, että hän jonain päivänä pakenee."

„Aber ihr Frauen wolltet mir ja nicht zuhören, nicht wahr?"

"Mutta te naiset ette halunneet kuunnella minua, vai mitä?"

Gregor erkannte schnell, wie sein Vater die Dinge sehen würde.

Gregor tajusi nopeasti, miten hänen isänsä näkisi asiat.

Er hatte Gretes allzu kurze Nachricht falsch interpretiert.

Hän oli tulkinnut Greten liian lyhyen viestin väärin.

Er nahm an, Gregor habe eine Gewalttat begangen.

Hän oletti Gregorin tehneen jonkin väkivaltateon.
Gregor musste einen Weg finden, seinen Vater irgendwie zu besänftigen.
Gregorin täytyi jotenkin löytää keino lepyttää isäänsä.
Weil er keine Zeit hatte, ihm die Dinge zu erklären.
Koska hänellä ei ollut aikaa selittää asioita hänelle.
Aber er hätte die Dinge ohnehin nicht erklären können.
Mutta ei hän olisi kuitenkaan pystynyt selittämään asioita.
Da flüchtete er zur Tür und drückte sich dagegen.
Niinpä hän pakeni ovelle ja painautui sitä vasten.
So konnte sein Vater ihn vom Vorzimmer aus sehen.
Sillä tavalla hänen isänsä näki hänet eteisestä.
Und er würde erkennen, dass er die besten Absichten hatte.
Ja hän näkisi, että hänellä oli parhaat aikomukset.
Es war nicht nötig, ihn mit einem Besen zurückzudrängen.
Häntä ei tarvinnut työntää luudalla taaksepäin.
Der Vater hätte lediglich die Tür öffnen müssen.
Isän olisi tarvinnut vain avata ovi.
Doch er hatte keine Lust, solche Feinheiten zu bemerken.
Mutta hän ei ollut sillä tuulella, että olisi huomannut sellaisia hienouksia.
"Da bist du ja!", rief er, sobald er eingetreten war.
"Siinäpä se!" hän huudahti heti astuttuaan sisään.
Es war, als wäre er gleichzeitig wütend und glücklich.
Oli kuin hän olisi ollut samaan aikaan sekä vihainen että iloinen.
Er zog den Kopf zurück und blickte zu seinem Vater auf.
Hän nosti päänsä taakseen ja katsoi isää.
Er hatte sich seinen Vater nicht so vorgestellt.
Hän ei ollut kuvitellut isänsä seisovan siinä näin.
Doch in letzter Zeit hatte er eine neue Ablenkung gefunden.
Mutta viime aikoina hän oli löytänyt uuden harrastuksen.
Das Herumkriechen nahm nun einen großen Teil seines Tages ein.
Ryömiminen vei nyt suuren osan hänen päivästään.
Zuvor hatte er alle Neuigkeiten in der Wohnung im Blick behalten.

Ennen hän piti kirjaa kaikista asunnon uutisista.
Aber in letzter Zeit hatte er nicht mehr so genau darauf geachtet.
Mutta hän ei ollut kiinnittänyt siihen viime aikoina niin paljon huomiota.
Er hätte auf Veränderungen vorbereitet sein müssen.
Hänen olisi pitänyt olla valmis kohtaamaan muutoksia.
Aber war dieser Mann vor ihm noch der Vater?
Oliko tämä mies kuitenkin edelleen isä ennen häntä?
War er noch derselbe Mann, der früher müde in seinem Bett lag?
Oliko hän sama mies, joka makasi väsyneenä sängyssään?
Als Gregor bereits auf Geschäftsreise war.
Kun Gregor oli jo lähtenyt työmatkalle.
War er derselbe Mann, der ihn abends begrüßte?
Oliko hän sama mies, joka tervehti häntä iltaisin?
Als er in seinem Morgenmantel in seinem Sessel saß.
Kun hän istui aamutakissaan nojatuolissaan.
War er derselbe Mann, der nicht aufstehen konnte, um ihn zu begrüßen?
Oliko hän sama mies, joka ei pystynyt nousemaan ylös toivottamaan häntä tervetulleeksi?
So blieb er sitzen und hob freudig den Arm.
Niinpä hän pysyi istumassa ja nosti kätensä ilon merkiksi.
War er derselbe Mann, mit dem er gelegentlich spazieren ging?
Oliko hän sama mies, jonka kanssa hän kävi silloin tällöin kävelyillä?
In seltenen Fällen: an einigen Sonntagen im Jahr oder an Feiertagen.
Harvinaisissa tapauksissa: muutamana sunnuntaina vuodessa tai pyhäpäivinä.
War er derselbe Mann, der in seinen Mantel gehüllt herüberkam?
Oliko hän sama mies, joka käveli päällystakkiinsa kääriytyneenä?

**Musste er sich langsam zwischen Mutter und ihm
vorwärtsarbeiten?**
Työnsikö hän itseään hitaasti eteenpäin, äidin ja hänen
välissään?
Und sie gingen seinetwegen bereits langsam.
Ja he kävelivät jo hitaasti hänen takiaan.
Doch nun stand dieser Mann stark und aufrecht.
Mutta nyt tämä mies seisoi vahvana ja suorana.
Er trug eine blaue Uniform mit goldenen Knöpfen.
Hän oli pukeutunut siniseen univormuun, jossa oli kultaiset
napit.
Knöpfe, die die Angestellten der Bankinstitute tragen.
Pankkilaitosten palvelijoiden käyttämät napit.
**Über dem steifen Kragen trat sein markantes Doppelkinn
hervor.**
Jäykän kauluksen yläpuolelta erottui hänen vahva
kaksoisleuka.
**Unter seinen buschigen Augenbrauen blickten seine
schwarzen Augen hervor.**
Tuuheiden kulmakarvojensa alta pilkistivät mustat silmät.
**Seine Augen wirkten nun durchdringend, frisch und
aufmerksam.**
Nyt hänen silmänsä näyttivät läpitunkevilta, raikkailta ja
valppailta.
Das zuvor zerzauste weiße Haar wurde glatt gekämmt.
Aiemmin sekaisin olleet valkoiset hiukset kammattiin alas.
Und sein Haar hatte nun einen sorgfältigen Mittelscheitel.
Ja hänen hiuksissaan oli nyt huolellinen keskijakaus.
**Er warf seinen Hut weg, der mit einem goldenen
Monogramm verziert war.**
Hän heitti hatunsa, johon oli kiinnitetty kultainen
monogrammi.
**Es handelte sich wahrscheinlich um das Monogramm der
Bank, für die er arbeitete.**
Se oli luultavasti sen pankin monogrammi, jossa hän
työskenteli.

Und der Hut landete auf dem Sofa, um später weggeräumt zu werden.
Ja hattu laskeutui sohvalle, laitettavaksi myöhemmin pois.
Er schob den Saum der langen Uniformjacke zurück.
Hän työnsi pitkän univormutakkinsa helman taaksepäin.
Und er steckte seine Daumen in die Hosentaschen.
Ja hän työnsi peukalonsa housujensa taskuihin.
Und dann ging er mit finsterer Miene auf Gregor zu.
Ja sitten hän käveli synkkänä Gregoria kohti.
Er wusste wahrscheinlich selbst noch nicht, was er vorhatte.
Todennäköisesti hän ei edes tiennyt, mitä aikoi tehdä.
Dennoch hob er die Füße ungewöhnlich hoch.
Mutta hän nosti jalkansa epätavallisen korkealle.
Gregor staunte über die enorme Größe seiner Stiefel.
Gregor oli hämmästynyt saappaidensa valtavasta koosta.
Doch dafür blieb wirklich keine Zeit, seine Schuhe zu bewundern.
Mutta aikaa ei todellakaan ollut ihmetellä hänen kenkiään.
Der Vater hatte sich für eine sehr strenge Disziplin entschieden.
Isä oli päättänyt noudattaa erittäin tiukkaa kurinpitoa.
Für Gregor war nur die größtmögliche Strenge angemessen.
Vain suurin ankaruus oli sopivaa Gregorille.
Das wusste er vom ersten Tag seiner Verwandlung an.
Hän tiesi tämän muodonmuutoksensa ensimmäisestä päivästä lähtien.
Er rannte zu seinem Vater und blieb stehen, als dieser stehen blieb.
Hän juoksi isänsä luo ja pysähtyi, kun tämä pysähtyi.
Als er sich wieder bewegte, huschte er erneut auf ihn zu.
Hän kiiruhti häntä kohti, kun tämä liikkui uudelleen.
Der Vater hielt einen Moment inne, und Gregor tat es ihm gleich.
Isä pysähtyi hetkeksi, ja niin teki Gregorkin.
Und sobald sich sein Vater bewegte, stürmte er wieder vorwärts.
Ja hän ryntäsi taas eteenpäin heti isänsä liikahdettua.

Auf diese Weise gingen sie mehrmals im Kreis um den Raum.

Tällä tavoin he kiersivät huoneen useita kertoja.

Bislang hatte noch niemand einen entscheidenden Vorteil errungen.

Kukaan ei ollut vielä saavuttanut ratkaisevaa etulyöntiasemaa.

Man konnte nicht den Eindruck einer Verfolgungsjagd gewinnen.

Ei olisi voinut saada sellaista vaikutelmaa, että kyseessä olisi ollut takaa-ajo.

Weil das ganze Geschehen viel zu langsam vonstatten ging.

Koska koko tapahtuma eteni aivan liian hitaasti.

Gregor hatte beschlossen, am Boden zu bleiben.

Gregor oli päättänyt jäädä maan pinnalle.

Er hätte die Wände hoch und an der Decke entlanglaufen können.

Hän olisi voinut juosta seiniä ylös ja kattoa pitkin.

Er wollte den Vater aber nicht unnötig provozieren.

Mutta hän ei halunnut ärsyttää isää tarpeettomasti.

Eine solche Flucht hätte besonders verwerflich erscheinen können.

Tällainen pako olisi voinut tuntua erityisen ilkeältä.

Gregor räumte ein, dass diese Jagd nicht mehr lange dauern könne.

Gregor myönsi, ettei takaa-ajo voisi kestää enää kauan.

Jeder Schritt erforderte eine Vielzahl von Bewegungen.

Jokainen askel piti kohdata lukemattomilla liikkeillä.

Er begann bereits Atemnot zu verspüren.

Hän alkoi jo tuntea hengenahdistusta.

Schon vorher hatte er nie absolut zuverlässige Lungen gehabt.

Jo ennenkin hänellä ei ollut täysin luotettavia keuhkoja.

Er taumelte dahin und sparte seine Kräfte für den Lauf.

Hän horjahti eteenpäin säästäen voimia juoksua varten.

Er war so müde, dass er die Augen kaum noch offen halten konnte.

Hän oli niin väsynyt, ettei hän pystynyt pitämään silmiään
auki.
**Seine Gedanken verlangsamten sich zu sehr, um an andere
Fluchtmöglichkeiten zu denken.**
Hänen ajatuksensa hidastuivat liian hitaasti keksiäkseen muita
pakokeinoja.
**Er hatte fast vergessen, dass ihm die Wände zur Verfügung
standen.**
Hän oli melkein unohtanut, että seinät olivat hänen
käytettävissään.
Die Wände waren aber ohnehin hinter Möbeln verborgen.
Mutta seinät olivat joka tapauksessa huonekalujen takana.
Und die Möbel wiesen zu viele Kerben und Vorsprünge auf.
Ja huonekaluissa oli liikaa lovia ja ulkonemia.
Und dann, direkt neben ihm, rollte ein Apfel.
Ja sitten, aivan hänen vieressään, vierimässä, oli omena.
**Ihm wurde klar, dass der Apfel nach ihm geworfen worden
sein musste.**
Omena oli varmaan heitetty häntä kohti, hän tajusi.
**Doch er hatte keine Zeit zum Nachdenken, da kam schon
der nächste Apfel.**
Mutta hänellä ei ollut aikaa miettiä, ennen kuin uusi omena
tuli.
**Gregor erstarrte vor Schreck über die neue Strategie seines
Vaters.**
Gregor jähmettyi järkyttyneeksi isän uudesta strategiasta.
Er konnte durch einen Fluchtversuch nichts mehr gewinnen.
Hän ei enää saanut mitään irti juoksemisesta.
**Der Vater hatte beschlossen, ihn mit Früchten zu
überhäufen.**
Isä oli päättänyt pommittaa häntä hedelmillä.
**Er hatte sich die Taschen mit Obst aus der Küchenschale
gefüllt.**
Hän oli täyttänyt taskunsa keittiön hedelmäkulhosta.
Ohne besonders darauf zu zielen, warf er Apfel um Apfel.
Ilman erityistä tähtäämistä hän heitteli omenaa omenan
perään.

Diese kleinen roten Äpfel rollten auf dem Boden herum.
Nämä pienet punaiset omenat pyörivät maassa.
Wie von einem Stromschlag getroffen, stießen die Äpfel aneinander.
Kuin sähköistyneinä omenat törmäsivät toisiinsa.
Einer der schwach geworfenen Äpfel streifte Gregors Rücken.
Yksi heikosti heitetyistä omenoista raapaisi Gregorin selkää.
Zum Glück für ihn rutschte der Apfel harmlos herunter.
Onneksi omena liukui pois vaarattomana.
Der anschließend geworfene Apfel traf jedoch genauer.
Jälkeenpäin heitetty omena oli kuitenkin tarkempi.
Und dieser Apfel blieb tief in Gregors Rücken stecken.
Ja tämä omena juuttui syvälle Gregorin selkään.
Gregor wollte sich vor dem Schmerz davonreißen.
Gregor halusi raahata itsensä pois kivun keskeltä.
Vielleicht ließe sich diesem neuen, unvorstellbaren Schmerz entkommen.
Ehkä tämä uusi, uskomaton kipu voitaisiin välttää.
Vielleicht würde ein Ortswechsel seine Qualen lindern.
Ehkä paikanvaihto helpottaisi hänen tuskaansa.
Aber er fühlte sich, als wäre er am Boden festgenagelt.
Mutta hänestä tuntui kuin hänet olisi naulittu lattiaan.
Er streckte sich aus, aber nur aufgrund seiner Verwirrung.
Hän venytti itsensä, mutta vain hämmennyksensä vuoksi.
Erst mit seinem letzten Blick sah er, wie sich die Tür öffnete.
Vasta viimeisellä silmäyksellään hän näki oven avautuvan.
Die Mutter stürzte vor die schreiende Schwester hinaus.
Äiti ryntäsi huutavan sisaren eteen.
Die Schwester hatte sie ausgezogen, sodass sie nur noch ihr Hemd trug.
Sisko oli riisunut hänet, joten hänellä oli yllään paita.
Sie hatte in ihrer Bewusstlosigkeit Freiraum gebraucht.
Hän oli tarvinnut hengähdystauon tajuttomuudessaan.
Er sah noch, wie die Mutter auf den Vater zulief.
Hän näki yhä, kuinka äiti juoksi isää kohti.
Ihre Röcke rutschten einer nach dem anderen zu Boden.

Hänen hameensa valuivat maahan yksi toisensa jälkeen.

Er sah, wie sie auf den Vater zuging und über ihren Rock stolperte.

Hän näki tytön lähestyvän isää ja kompastuvan tämän hameeseen.

Sie umarmte ihn und bat darum, Gregors Leben zu verschonen.

Hän syleili häntä ja pyysi Gregorin hengen säästämistä.

In völliger Einheit mit seinem Körper versagte auch sein Augenlicht.

Täydellisessä yhteydessä ruumiiseensa hänen näkönsä petti.

Gregor litt über einen Monat lang unter der schweren Verletzung.
Gregor kärsi vakavasta vammasta yli kuukauden ajan.
Der Apfel steckte fest; niemand wagte es, ihn zu entfernen.
Omena pysyi maassa; kukaan ei uskaltanut poistaa sitä.
Der Apfel blieb als sichtbare Erinnerung in seinem Fleisch zurück.
Omena pysyi hänen lihassaan näkyvänä muistutuksena.
Der Apfel diente dem Vater aber auch als Erinnerung.
Mutta omena toimi myös muistutuksena isälle.
Ihm wurde klar, dass Gregor nicht wie ein Feind behandelt werden sollte.
Hän ymmärsi, ettei Gregoria pitäisi kohdella vihollisena.
Im Moment mag sein Erscheinungsbild traurig und abstoßend wirken.
Tällä hetkellä hänen olemuksensa saattaa olla surullinen ja vastenmielinen.
Aber dennoch war er ein Mitglied ihrer Familie.
Mutta siitä huolimatta hän oli edelleen heidän perheenjäsenensä.
Der Widerwille musste überwunden und toleriert werden.
Vastahakoisuus oli nieltävä ja siedettävä.
Aufgrund seiner Verletzung könnte seine Beweglichkeit für immer verloren sein.
Vamman vuoksi hänen liikuntakykynsä voi hyvinkin olla menetetty ikuisiksi ajoiksi.
Er kroch immer noch in seinem Zimmer herum, aber viel langsamer.
Hän ryömi edelleen huoneessaan, mutta paljon hitaammin.
Kriechen in irgendeiner Höhe war völlig ausgeschlossen.
Millään korkeudella ryömiminen oli täysin mahdotonta.
Gregor erhielt jedoch eine Form der Entschädigung.
Mutta Gregor sai jonkinlaisen korvauksen.
Am Abend wurde ihm die Wohnzimmertür geöffnet.

Illalla olohuoneen ovi avattiin hänelle.
**Und er war der Ansicht, dass diese
Wiedergutmachungszahlungen vollkommen angemessen
seien.**
Ja hän piti näitä korvauksia täysin riittävinä.
**Noch vor Einbruch der Dunkelheit begann er, die Tür zu
beobachten.**
Ennen iltaa hän alkoi jo tarkkailla ovea.
Er lag in der Dunkelheit, vom Wohnzimmer aus unsichtbar.
Hän makasi pimeydessä, näkymätön olohuoneesta.
**Er konnte die ganze Familie an dem beleuchteten Tisch
sehen.**
Hän näki koko perheen valaistun pöydän ääressä.
Nun durfte er ihren Gesprächen zuhören.
Hänen sallittiin nyt kuunnella heidän keskustelujaan.
**Dies unterschied sich deutlich von ihrer vorherigen
Vereinbarung.**
Tämä oli aivan erilainen kuin heidän aiempi järjestelynsä.
**Die lebhaften Gespräche vergangener Zeiten waren
verstummt.**
Aiempien aikojen vilkas keskustelu oli ohi.
**Das waren die Gespräche, nach denen er sich immer gesehnt
hatte.**
Näitä keskusteluja hän oli odottanut.
Als er allein in kleinen Hotelzimmern schlief.
Kun hän nukkui yksin pienissä hotellihuoneissa.
Als er sich in die feuchte Bettwäsche werfen musste.
Kun hänen täytyi heittäytyä kosteisiin lakanoihin.
Die Abende verliefen nun meist ruhig und ereignislos.
Mutta illat olivat nyt enimmäkseen hiljaisia ja
tapahtumaköyhiä.
**Der Vater schlief nach dem Abendessen in seinem Sessel
ein.**
Isä nukahti nojatuoliinsa illallisen jälkeen.
Und Mutter und Schwester ermahnten einander zur Stille.
Ja äiti ja sisko kehottivat toisiaan olemaan hiljaa.

Die Mutter beugte sich weit über die Lampe und nähte Leinen.
Äiti, nojaten kauas valon yli, ompeli pellavaa.
Sie entwirft jetzt Kleider für eines der Modegeschäfte.
Hän tekee nykyään mekkoja yhdelle muotiliikkeistä.
Wie Gregor hatte auch die Schwester eine Stelle als Verkäuferin angenommen.
Gregorin tavoin sisar oli ottanut vastaan työpaikan myyjänä.
Sie lernte abends Stenografie und Französisch.
Hän opetti iltaisin pikakirjoitusta ja ranskaa.
Damit sie später vielleicht eine bessere Arbeitsstelle bekommen könnte.
Jotta hän voisi myöhemmin saada paremman työpaikan.
Manchmal wachte der Vater von seinem abendlichen Nickerchen auf.
Isä heräili joskus iltapäiväunilta.
"Liebling, du nähst heute schon so lange!"
"Kulta, oletpa ommellut jo niin kauan tänään!"
Er schien vergessen zu haben, dass er geschlafen hatte.
Hän näytti unohtaneen nukkuneensa.
Doch er fiel sofort wieder in seinen Schlaf zurück.
Mutta hän vaipui heti takaisin uneensa.
Und Mutter und Schwester lächelten einander müde an.
Ja äiti ja sisko hymyilivät väsyneesti toisilleen.
Der Vater hatte eine seltsame neue Sturheit entwickelt.
Isälle oli kehittynyt uusi outo itsepäisyys.
Selbst zu Hause weigerte er sich, seine Dieneruniform auszuziehen.
Kotonakaan hän kieltäytyi riisumasta palvelijan univormuaan.
Und sein Morgenmantel hing nutzlos am Kleiderbügel.
Ja hänen aamutakkinsa roikkui turhaan henkarissa.
So schlief der Vater, vollständig bekleidet, in seinem Sessel.
Niinpä isä nukkui täysin pukeutuneena nojatuolissaan.
Es war, als ob er immer bereit wäre, seinen Dienst zu leisten.
Oli kuin hän olisi aina ollut valmis tekemään palveluksensa.
Als ob er nur auf die Stimme seines Vorgesetzten gewartet hätte.
hätte.

Aivan kuin hän olisi vain odottanut esimiehensä ääntä.

Dies führte dazu, dass seine Uniform an Sauberkeit verlor.

Tämä johti siihen, että hänen univormunsa menetti puhtautensa.

Obwohl die Uniform auch nicht neu war, als er sie bekam.

Vaikka univormu ei ollut uusikaan, kun hän sen sai.

Und die Mutter tat ihr Bestes, um die Uniform zu pflegen.

Ja äiti teki parhaansa pitääkseen univormua kunnossa.

Gregor verbrachte ganze Abende damit, diese Uniform anzusehen.

Gregor vietti kokonaisia iltoja katsellen tätä univormua.

Er beobachtete, wie der alte Mann äußerst unbequem schlief.

Hän katseli, kuinka vanha mies nukkui erittäin epämukavasti.

Doch im Schlaf bemerkte er auch etwas Friedliches.

Mutta unissaan hän huomasi myös jotain rauhoittavaa.

Als die Uhr zehn schlug, versuchte die Mutter, ihn zu wecken.

Kun kello löi kymmenen, äiti yritti herättää hänet.

Sie sprach leise und überredete ihn, ins Bett zu gehen.

Hän puhui hiljaa ja suostutteli miehen menemään nukkumaan.

Denn auf dem Sessel zu schlafen war kein richtiger Schlaf.

Koska nojatuolissa nukkuminen ei ollut oikeaa unta.

Er musste um sechs Uhr mit der Arbeit beginnen.

Hänen oli määrä aloittaa työt kuudelta.

Deshalb musste er unbedingt so gut wie möglich schlafen.

Joten hänen todella piti saada nukkua mahdollisimman hyvin.

Doch er war von einer neuen Form der Sturheit ergriffen.

Mutta hänet oli vallannut uudenlainen itsepäisyys.

Die Tatsache, dass er Diener geworden war, hatte begonnen, diese Wirkung auf ihn zu haben.

Palvelijaksi tuleminen oli alkanut vaikuttaa häneen tällä tavalla.

Deshalb bestand er immer darauf, länger am Tisch zu bleiben.

Niinpä hän halusi aina viipyä pöydässä pidempään.

Obwohl er regelmäßig wieder in seinem Sessel einschlief.
Vaikka hän nukahti säännöllisesti tuoliinsa uudelleen.
Und er ließ sich nur mit größter Mühe bewegen.
Ja häntä voitiin liikuttaa vain äärimmäisen vaivoin.
Man musste ihm erklären, dass das Bett besser für ihn wäre.
Hänelle piti kertoa, että sänky olisi hänelle parempi.
Mutter und Schwester mussten nachdrücklich darauf
bestehen, oft mit nur wenigen Vorwarnungen.
Äidin ja sisaren täytyi vaatia pienin varoituksin.
Fünfzehn Minuten lang schüttelte er nur langsam den Kopf.
Viidentoista minuutin ajan hän vain pudisti hitaasti päätään.
Und er hielt die Augen geschlossen und weigerte sich
aufzustehen.
Ja hän piti silmänsä kiinni eikä suostunut nousemaan ylös.
Die Mutter zupfte sanft, aber bestimmt an seinem Ärmel.
Äiti nykäisi häntä hihasta hellästi mutta lujasti.
Und sie flüsterte ihm schmeichelhafte Worte in seine müden
Ohren.
Ja hän kuiskasi imartelevia sanoja hänen väsyneisiin
korviinsa.
Die Schwester unterbrach ihre Arbeit, um ihrer Mutter zu
helfen.
Sisko jätti tehtävänsä auttaakseen äitiään.
Doch keiner ihrer Versuche zeigte Wirkung beim Vater.
Mutta yksikään heidän ponnisteluistaan ei tehonnut isään.
Er sank noch tiefer in seinen Stuhl, bereit zum Schlafen.
Hän vajosi vielä syvemmälle tuoliinsa, valmistautuneena
nukkumaan.
Und schließlich packten ihn die Frauen unter den Achseln.
Ja lopuksi naiset tarttuivat häntä kainaloihin.
Er öffnete die Augen und blickte sie abwechselnd an.
Hän avasi silmänsä ja katsoi niitä vuorotellen.
„Was für ein Leben!", klagte er beim Zubettgehen.
"Millaista elämää tämä onkaan", hän valitti mennessään
nukkumaan.
"Ist das der Frieden, der mir im Alter zuteilwurde?"
"Onko tämä se rauha, jonka olen saanut vanhuudessani?"

Doch dann stützte er sich auf die beiden Frauen und stand unbeholfen auf.

Mutta sitten hän nojasi kömpelösti kahteen naiseen ja nousi seisomaan.

Er tat so, als trüge er die schwerste Last.

Hän käyttäytyi aivan kuin kantaisi raskainta taakkaa.

Er ließ sich von den beiden Frauen bis ans andere Ende des Raumes führen.

Hän antoi kahden naisen johdattaa hänet huoneen perälle.

Dort wünschte er ihnen eine gute Nacht und ging dann allein weiter.

Siellä hän toivotti heille hyvää yötä ja jatkoi matkaansa omin päin.

Doch die Mutter warf hastig ihr Nähzeug hin.

Mutta äiti heitti kiireesti ompeluvälineensä alas.

Und auch die Schwester legte den Stift und den Notizblock beiseite.

Ja sisko laski myös kynän ja muistikirjan alas.

Und sie liefen hinter dem Vater her, um ihm weiter zu helfen.

Ja he juoksivat isän perässä auttaakseen häntä eteenpäin.

Wer in dieser überarbeiteten Familie hatte schon Zeit für Gregor?

Kenellä tässä ylityöllistetyssä perheessä oli aikaa Gregorille?

Wer hätte ihm mehr Aufmerksamkeit schenken können als nötig?

Kuka olisi voinut antaa hänelle enemmän huomiota kuin olisi tarvinnut?

Das Haushaltsbudget wurde zunehmend eingeschränkt.

Kotitalouden budjetti kävi yhä tiukemmaksi.

Um Geld zu sparen, mussten sie schließlich das Dienstmädchen entlassen.

Lopulta heidän oli rahan säästämiseksi erotettava piika.

Sie wurde durch eine stämmige, weißhaarige Frau ersetzt.

Hänet korvattiin paksuluuisella, valkotukkaisella naisella.

Diese Frau kam jedoch nur morgens und abends.

Mutta tämä nainen tuli vain aamuisin ja iltaisin.

Und die schwerste und härteste Arbeit wurde ihr
aufgehoben.
Ja kaikki raskain ja vaikein työ oli tallennettu hänelle.
Alle anderen Hausarbeiten wurden von der Mutter erledigt.
Kaikki muut kotityöt hoiti äiti.
Es kam sogar vor, dass verschiedene
Familienschmuckstücke verkauft wurden.
Sattui jopa, että erilaisia perheen koruja myytiin.
Schmuck, den die Frauen bei Feierlichkeiten mit Freude
getragen hatten.
Koruja, joita naiset olivat iloisesti käyttäneet juhlien aikana.
Gregor erfuhr dies in einer der allgemeinen Diskussionen.
Gregor oppi tämän yhdestä yleisestä keskustelusta.
Die größte Beschwerde betraf jedoch etwas anderes.
Suurin valituksen aihe oli kuitenkin aivan muu.
Die Wohnung war zu groß, aber sie konnten nicht
ausziehen.
Asunto oli liian iso, mutta he eivät päässeet muuttamaan pois.
Es gab keine Möglichkeit, Gregor umzusiedeln.
He eivät olisi mitenkään voineet siirtää Gregoria.
Gregor erkannte jedoch, dass es nicht nur um
Rücksichtnahme ging.
Mutta Gregor tajusi, ettei kyse ollut vain harkinnasta.
Etwas anderes hielt sie davon ab, woanders hinzuziehen.
Jokin muu esti heitä muuttamasta muualle.
Er hätte problemlos in einer geeigneten Kiste transportiert
werden können.
Hänet olisi voitu helposti kuljettaa sopivassa laatikossa.
Ihre Gefühle völliger Hoffnungslosigkeit hielten sie zurück.
Heidän täydellisen toivottomuuden tunteensa pidättelivät
heitä.
Sie wollten sich nicht eingestehen, dass sie vom Unglück
getroffen worden waren.
He eivät halunneet myöntää, että heitä oli kohdannut epäonni.
Was die Welt von armen Menschen verlangt, das haben sie
erfüllt.
Mitä maailma köyhiltä vaatii, sen he täyttivät.

Der Vater holte dem kleinen Bankangestellten das Frühstück.

Isä haki aamiaisen pienelle pankkivirkailijalle.

Die Mutter opferte sich für die Wäsche von Fremden auf.

Äiti uhrasi itsensä vieraiden ihmisten pyykkien vuoksi.

Die Schwester rannte hin und her, um die Bestellungen der Kunden aufzunehmen.

Sisko juoksi edestakaisin asiakkaiden tilausten perässä.

Aber sie hatten einfach nicht mehr die Kraft, irgendetwas weiter zu tun.

Mutta heillä ei vain ollut voimia tehdä enempää.

Die Wunde in Gregors Rücken schmerzte nun noch mehr.

Gregorin selässä oleva haava alkoi sattua entistä enemmän.

Jeden Abend brachten Mutter und Schwester den Vater ins Bett.

Joka ilta äiti ja sisko toivat isän nukkumaan.

Sie ließen ihre Arbeit liegen und setzten sich zusammen.

He jättivät työnsä siihen, mihin se oli, ja istuivat yhdessä.

Und sie rückten näher zusammen und saßen Wange an Wange.

Ja he siirtyivät lähemmäs toisiaan ja istuivat poski poskea vasten.

Die Mutter zeigte auf das Zimmer, von dem aus er zusah.

Äiti osoitti huonetta, josta mies katseli.

"Würdest du die Tür schließen?", fragte sie die Schwester.

"Voisitko sulkea oven?" hän kysyi siskolta.

Und dann war Gregor wieder allein in der Dunkelheit.

Ja sitten Gregor jäi taas yksin pimeyteen.

Und im Nebenzimmer vermischten die Frauen ihre Tränen.

Ja viereisessä huoneessa nainen sekoitti heidän kyyneleensä.

Oder sie saßen mit trockenen Augen da und starrten einfach nur auf den Tisch.

Tai he istuivat kuivin silmin ja vain tuijottivat pöytää.

Gregor schlief kaum, weder nachts noch tagsüber.

Gregor nukkui tuskin lainkaan, ei yöllä eikä päivällä.

Er dachte oft darüber nach, wie er der Familie helfen könnte.

Hän mietti usein, miten voisi auttaa perhettään.

Er dachte darüber nach, das Geld wieder für sie zu verdienen.

Hän ajatteli ansaita heille rahat uudelleen.

Er dachte darüber nach, das zu tun, was er früher für sie getan hatte.

Hän ajatteli tekevänsä heidän hyväkseen sitä, mitä hän ennen teki.

In seinen Gedanken erschien der Bevollmächtigte wieder.

Ajatuksissaan valtuutettu edustaja palasi.

Und dieses Mal kam auch der Chef in die Wohnung.

Ja tällä kertaa pomo tuli myös asuntoon.

Und die Angestellten und die Lehrlinge waren auch da.

Ja kirjurit ja oppipojat olivat myös siellä.

Sogar der etwas begriffsstutzige Büroangestellte kam, um ihn zu sehen.

Jopa hidasälyinen toimistovirkailija tuli tapaamaan häntä.

Es waren zwei oder drei Freunde aus anderen Branchen dabei.

Mukana oli pari kolme ystävää muista yrityksistä.

Eine der Zimmermädchen aus einem Hotel in der Provinz.

Yksi hotellin palvelijoista maakunnassa.

Eine kostbare und flüchtige Erinnerung, an der er festzuhalten versuchte.

Rakas ja katoava muisto, josta hän yritti pitää kiinni.

Eine Kassiererin aus einem Hutgeschäft, für die er Absichten hatte.

Hattukaupan kassa, jota kohtaan hänellä oli aikomuksia.

Doch er war etwas zu langsam gewesen, um ihre Zustimmung zu gewinnen.

Mutta hän oli ollut hieman liian hidas saamaan hänen hyväksyntänsä.

Sie alle tauchten in seinen Gedanken auf, vermischt mit Fremden.

Ne kaikki ilmestyivät hänen ajatuksiinsa, sekoittuneina vieraiden kanssa.

Und andere erschienen nicht; sie waren bereits vergessen.

Eikä muita näkynyt; heidät oli jo unohdettu.

Aber sie halfen weder ihm noch seiner Familie.
Mutta he eivät auttaneet häntä eivätkä perhettä.
Sie waren unzugänglich, und er war froh, als sie weg waren.
He olivat saavuttamattomissa, ja hän oli iloinen heidän
lähtiessään.
**Er war nicht immer in der Stimmung, sich Sorgen um die
Familie zu machen.**
Hän ei aina ollut sillä tuulella, että olisi murehtinut perheensä
puolesta.
**Und er war voller Wut über die mangelnde
Aufmerksamkeit.**
Ja hän oli täynnä raivoa huomion puutteesta.
**Und er konnte sich nichts vorstellen, worauf er Appetit
hätte.**
Eikä hän voinut kuvitella mitään, mihin hänellä olisi ollut
halua.
**Doch er schmiedete trotzdem Pläne, in die Speisekammer
einzubrechen.**
Mutta hän suunnitteli silti ruokakomeroon murtautumista.
Und er würde sich alles nehmen, was ihm zustand.
Ja hän aikoi ottaa kaiken, minkä ansaitsi.
Die Schwester bemühte sich nicht mehr besonders um ihn.
Sisko ei enää tehnyt mitään erityistä ponnistelua hänen
hyväkseen.
**Sie verschwendete keine Zeit mehr damit, darüber
nachzudenken, wie sie ihm gefallen könnte.**
Hän ei enää käyttänyt aikaa miettiäkseen hänen
miellyttämistään.
Vor der Arbeit schob sie schnell etwas zu essen ins Zimmer.
Ennen töitä hän työnsi nopeasti ruokaa huoneeseen.
**Und am Abend kehrte sie die Essensreste schnell wieder
zusammen.**
Ja illalla hän lakaisi ruoan nopeasti taas ylös.
Ob er gegessen hatte oder nicht, bemerkte sie nicht mehr.
Oliko hän syönyt vai ei, hän ei enää huomannut.
In den meisten Fällen blieb das Essen nun unberührt.
Ruoka jätettiin nykyään useimmiten koskemattomaksi.

Abends huschte sie immer noch schnell durch den Raum.
Hän pyyhkäisi huoneen läpi nopeasti illalla.
Doch nun tat sie nur das Nötigste, und zwar so schnell wie möglich.
Mutta nyt hän teki vain välttämättömän, niin nopeasti kuin mahdollista.
An den Mauern zogen sich Spuren von Schmutz entlang.
Seinille jäi likaisia juovia.
Auf dem Boden lagen Staub- und Müllklumpen.
Lattialle jäi pöly- ja roskapalloja.
Gregor missbilligte ihre Nachlässigkeit.
Gregor osoitti paheksuntansa hänen välinpitämättömyyttään.
Er drehte sich in einem besonders markanten Winkel.
Hän käänsi itsensä erityisen merkittävään kulmaan.
Aber er hätte wochenlang in dieser Position bleiben können.
Mutta hän olisi voinut pysyä asemassa viikkoja.
Seine Schwester hätte seine Unzufriedenheit nicht bemerkt.
Hänen sisarensa ei olisi huomannut hänen tyytymättömyyttään.
Sie sah den Dreck genauso gut wie er, wenn nicht sogar besser.
Hän näki lian yhtä hyvin kuin hänkin, ellei paremmin.
Aber sie hatte beschlossen, den Dreck dort zu lassen, wo er war.
Mutta hän oli päättänyt jättää lian paikoilleen.
Damals entwickelte sie eine völlig neue Sensibilität.
Tuolloin hän omaksui täysin uuden herkkyyden.
Sie hatte es sich zur Aufgabe gemacht, Gregors Zimmer zu reinigen.
Hän oli ottanut Gregorin huoneen siivoamisen vastuulleen.
Die Familie war von ihrer freundlichen Rücksichtnahme sehr berührt.
Perhe oli liikuttunut hänen ystävällisestä huomaavaisuudestaan.
Einst hatte die Mutter sein Zimmer gründlich gereinigt.
Kerran äiti oli siivonnut hänen huoneensa perusteellisesti.

Erst nachdem sie mehrere Eimer Wasser verbraucht hatte, gelang es ihr.

Vasta käytettyään muutaman ämpärillisen vettä hän onnistui.

Die neu aufgetretene Feuchtigkeit im Zimmer schadete Gregor jedoch.

Huoneen uusi kosteus kuitenkin vahingoitti Gregoria.

Und er lag breitbeinig, verbittert und regungslos auf dem Sofa.

Ja hän makasi leveänä, katkerana ja liikkumattomana sohvalla.

Doch das war nur ihre erste Strafe für ihre Hilfeleistung.

Mutta se oli vasta hänen ensimmäinen rangaistuksensa auttamisesta.

Die Schwester bemerkte schnell die Veränderung in Gregors Zimmer.

Sisko huomasi nopeasti muutoksen Gregorin huoneessa.

Und sie rannte, zutiefst beleidigt, ins Wohnzimmer.

Ja hän juoksi olohuoneeseen äärimmäisen loukkaantuneena.

Ihre Mutter hob die Hände und versuchte, sie zu beschwören.

Hänen äitinsä nosti kätensä ja yritti pyytää häntä.

Doch trotz einer aufrichtigen Erklärung brach sie in Tränen aus.

Mutta vilpittömästä selityksestä huolimatta hän puhkesi itkuun.

Der Vater erschrak natürlich und fuhr aus seinem Stuhl hoch.

Isä tietenkin säpsähti tuolistaan.

Und die beiden Eltern schauten fassungslos und hilflos zu.

Ja kaksi vanhempaa katsoivat hämmästyneinä ja avuttomina.

Und schließlich gerieten auch ihre Gefühle in Aufruhr.

Ja lopulta heidän tunteensakin kiihtyivät.

Der Vater warf der Mutter vor, was sie getan hatte.

Isä moitti äitiä siitä, mitä tämä oli tehnyt.

"Du hättest das Zimmer Grete zum Putzen überlassen sollen."

"Sinun olisi pitänyt jättää huone Greten siivottavaksi."

Grete schrie die Mutter an, weil sie sein Zimmer aufgeräumt hatte.

Grete huusi äidille, koska tämä siivosi hänen huoneensa.

„Du darfst sein Zimmer nie wieder putzen!"

"Et saa enää koskaan siivota hänen huonettaan!"

Die Mutter versuchte, den Vater ins Schlafzimmer zu zerren.

Äiti yritti raahata isää makuuhuoneeseen.

Die Schwester blieb zitternd und schluchzend im Zimmer zurück.

Sisko jäi huoneeseen vapisemaan ja nyyhkyttämään.

Und sie hämmerte mit ihren kleinen Fäustchen auf den Tisch.

Ja hän hakkasi pöytää pienillä nyrkeillään.

Und Gregor zischte sie alle lautstark vor Wut an.

Ja Gregor sihisi kovaan ääneen vihaisena heille kaikille.

Warum war niemand auf die Idee gekommen, ihm die Tür zu schließen?

Miksei kukaan tullut ajatelleeksi sulkea ovea hänen edestään?

Sie hätten ihm diesen Anblick und Lärm ersparen können.

He olisivat voineet säästää hänet tältä näyltä ja melulta.

Die Schwester war erschöpft, als sie von der Arbeit nach Hause kam.

Sisko oli uupunut tultuaan töistä kotiin.

Und die Betreuung von Gregor bedeutete für sie noch mehr Arbeit.

Ja Gregorista huolehtiminen oli hänelle vieläkin työläämpää.

Das bedeutete aber nicht, dass die Mutter es hätte tun sollen.

Mutta se ei tarkoittanut, että äidin olisi pitänyt tehdä niin.

Gregor hingegen sollte nicht vernachlässigt werden.

Gregoria ei sen sijaan pidä unohtaa.

Aber jetzt hatten sie ein neues Dienstmädchen, das solche Dinge tun konnte.

Mutta nyt heillä oli uusi palvelijatar, joka osasi tehdä sellaisia asioita.

Eine ältere Witwe mit kräftigem Knochenbau.

Iäkäs leski, jolla oli vankka luusto.

Eine Statur, die ihr half, ihr schwieriges Leben zu
überstehen.
Asema, joka auttoi häntä selviytymään vaikeasta elämästä.
Sie hatte keine wirkliche Abneigung gegen Gregors
Erscheinung.
Hänellä ei ollut mitään todellista vastenmielisyyttä Gregorin
ulkonäköä kohtaan.
Sie hatte versehentlich die Tür zu Gregors Zimmer geöffnet.
Hän oli vahingossa avannut Gregorin huoneen oven.
Es geschah nicht aus besonderer Neugierde bezüglich des
Zimmers.
Se ei johtunut mistään erityisestä uteliaisuudesta huonetta
kohtaan.
Sie tat lediglich ihre Arbeit und öffnete dabei zufällig die
Tür.
Hän vain teki työtään ja sattui avaamaan oven.
Gregor war natürlich völlig überrascht von ihr.
Gregor oli tietenkin täysin yllättynyt hänestä.
Er wurde nicht verfolgt, aber er rannte hin und her.
Häntä ei ajettu takaa, mutta hän juoksi edestakaisin.
Und sie verschränkte einfach die Arme und sah ihm beim
Krabbeln zu.
Ja hän vain risti käsivartensa ja katseli hänen ryömivän.
Seitdem hat sie ihm immer einen Spaltbreit die Tür
geöffnet.
Siitä lähtien hän on aina avannut ovea vähän hänelle.
Eines Morgens schaute sie nach ihm, um zu sehen, wie es
ihm ging.
Kerran aamulla hän kävi katsomassa, kuinka mies voi.
Und am Abend sah sie nach ihm, bevor sie ging.
Ja illalla hän kävi tarkistamassa hänen vointinsa ennen
lähtöään.
Zuerst versuchte sie auch, ihn zu sich zu rufen.
Aluksi hän myös yritti kutsua häntä tulemaan luokseen.
„Komm her, du alter Mistkäfer!", pflegte sie zu sagen.
"Tule tänne, vanha lantakuoriainen!" hän tapasi sanoa.

Oder sie sagte freundlich: „Schau dir den alten Mistkäfer an!"

Tai hän sanoi ystävällisesti: "Katsokaa vanhaa lantakuoriaista!".

Gregor reagierte nie darauf, wenn man so mit ihm sprach.

Gregor ei koskaan reagoinut, kun hänelle puhuteltiin tuolla tavalla.

Er blieb stehen, ohne sich zu rühren, und ignorierte sie.

Hän pysyi siinä, liikkumatta, eikä välittänyt hänestä.

„Wenn man ihr doch nur gesagt hätte, wie man ihre Arbeit richtig macht."

"Jospa hänelle olisi kerrottu, miten työnsä tehdään oikein."

„Anstatt mich zu belästigen, sollte sie lieber mein Zimmer aufräumen."

"Sen sijaan, että hän häiritsisi minua, hänen pitäisi siivota huoneeni."

Eines Morgens prasselte ein heftiger Regenguss gegen die Fenster.

Kerran aikaisin aamulla rankka sade ropisi ikkunoihin.

Vielleicht war der Regen bereits ein Zeichen für den kommenden Frühling.

Ehkä sade oli jo merkki tulevasta keväästä.

Das Dienstmädchen begann wieder auf diese Weise mit ihm zu sprechen.

Palvelijatar alkoi taas puhua hänelle sillä tavalla.

Gregor war so verbittert, dass er sich umdrehte und ihr ins Gesicht sah.

Gregor oli niin katkera, että hän kääntyi katsomaan häntä.

Er war langsam und gebrechlich, aber es war eine Art Angriff.

Hän oli hidas ja heikko, mutta se oli eräänlainen hyökkäys.

Das Dienstmädchen hingegen hatte überhaupt keine Angst vor Gregor.

Palvelijatar ei kuitenkaan pelännyt Gregoria lainkaan.

Stattdessen hob sie einen Stuhl hoch, der in der Nähe der Tür stand.

Sen sijaan hän nosti oven lähellä olevan tuolin.

Und sie stand da, ganz ruhig, mit weit geöffnetem Mund.
Ja hän seisoi siinä rauhallisesti, suu ammollaan.
Ihre Absichten waren klar, das konnte sogar Gregor
erkennen.
Hänen aikomuksensa olivat selvät, jopa Gregor näki sen.
Und er drehte sich langsam um und kehrte zu seinem
ursprünglichen Platz zurück.
Ja hän kääntyi hitaasti takaisin alkuperäiseen asentoonsa.
"Sie wollen also nicht näher kommen, oder?"
"Joten et siis halua tulla lähemmäksi, vai mitä?"
Und sie stellte den Stuhl leise wieder in die Ecke.
Ja hän laski hiljaa tuolin takaisin nurkkaan.

Gregor aß kaum noch etwas.
Gregor ei syönyt enää juuri mitään.
Manchmal blieb er bei seinen Rundgängen im Zimmer
stehen.
Joskus hän pysähtyi kävellessään huoneessa ympäri.
Und er befand sich neben dem für ihn zubereiteten Essen.
Ja hän huomasi olevansa hänelle valmistetun ruoan vierestä.
Er steckte sich das Essen in den Mund, aber nur, um damit
zu spielen.
Hän laittoi ruoan suuhunsa, mutta vain leikkiäkseen sillä.
Und nicht selten spuckte er es nach ein paar Stunden wieder
aus.
Ja usein hän sylki sen ulos uudelleen muutaman tunnin
kuluttua.
Er versuchte, einen Grund für seinen Appetitverlust zu
finden.
Hän yritti löytää syytä ruokahaluttomuudelleen.
Vielleicht, weil er mit dem Zustand seines Zimmers
unzufrieden war.
Ehkä siksi, että hän oli surullinen huoneensa kunnosta.
Aber er hatte sich mit den Veränderungen im Raum
abgefunden.
Mutta hän oli sopeutunut huoneen muutoksiin.

In letzter Zeit hatte sich sein Zimmer in eine Art Abstellraum verwandelt.
Viime aikoina hänen huoneestaan oli tullut eräänlainen varastotila.
Sie hatten sich angewöhnt, Dinge dort liegen zu lassen.
He olivat tottuneet jättämään tavaroita sinne.
Und nun lagen noch viele solcher Dinge in seinem Zimmer.
Ja hänen huoneessaan oli nyt paljon sellaisia jäljellä.
Weil ein Zimmer der Wohnung vermietet worden war.
Koska yksi asunnon huoneista oli vuokrattu.
Drei ernsthafte Herren mieteten das Zimmer gemeinsam.
Kolme tosissaan olevaa herrasmiestä vuokrasi huonetta yhdessä.
Gregor hat sie einmal durch einen Türspalt erblickt.
Gregor huomasi heidät kerran oven raosta.
Sie trugen Vollbärte und waren penibel gekleidet.
Heillä oli täysparrat ja he olivat pukeutuneet huolellisesti.
Sie achteten penibel darauf, dass alles ordentlich blieb.
He olivat tunnollisia kaiken siisteyden pitämisessä.
Ihr Hang zur Ordnung beschränkte sich nicht nur auf ihr Zimmer.
Heidän vaatimuksensa siisteydestä ei rajoittunut heidän huoneeseensa.
Die gesamte Wohnung musste tadellos sauber gehalten werden.
Koko asunto piti pitää täydellisessä siistinä.
Sie legten sogar noch mehr Wert auf das Aussehen der Küche.
He olivat vieläkin tarkempia keittiön ulkonäöstä.
Und unnötigen Unrat konnten sie nicht dulden.
Eivätkä he kestäneet mitään tarpeetonta sotkua.
Sie hatten auch ihre eigenen Möbel mitgebracht.
He olivat myös tuoneet omat huonekalunsa mukanaan.
Aus diesem Grund waren viele Dinge überflüssig geworden.
Tästä syystä moni asia oli käynyt tarpeettomaksi.
Das waren Dinge, für die niemand Geld bezahlen würde.

Ne olivat sellaisia, joista kukaan ei suostuisi maksamaan
rahaa.

Die Familie wollte diese Dinge aber auch nicht wegwerfen.

Mutta perhe ei halunnut myöskään hylätä näitä asioita.

All diese Dinge landeten irgendwo in Gregors Zimmer.

Kaikki nämä tavarat menivät jonnekin Gregorin huoneeseen.

**Der Aschenbecher aus der Küche stand nun in seinem
Zimmer.**

Keittiön tuhkalaatikko oli nyt hänen huoneessaan.

**Und der Müll wurde bis zum Abholtag in seinem Zimmer
aufbewahrt.**

Ja roskat säilytettiin hänen huoneessaan roskapäivään asti.

**Das Dienstmädchen warf alles, was sie nicht brauchte, in
sein Zimmer.**

Palvelijatar heitti kaiken tarpeettoman miehen huoneeseen.

**Zum Glück sah er nichts weiter als die Hand und den
Gegenstand.**

Onneksi hän ei nähnyt muuta kuin käden ja esineen.

Sie hatte wahrscheinlich vor, die Sachen später abzuholen.

Hän luultavasti aikoi palata hakemaan tavaransa
myöhemmin.

**Oder vielleicht wollte sie einfach alles auf einmal
wegwerfen.**

Tai ehkä hän halusi heittää kaiken kerralla pois.

Doch alles blieb dort, wo es ursprünglich gelandet war.

Kaikki kuitenkin pysyi siellä, missä se alun perin oli
laskeutunut.

**Es sei denn, Gregor bewegte den Schrott, indem er sich
hindurchzwängte.**

Ellei Gregor sitten siirtänyt romua luikertelemalla sen läpi.

**Zuerst musste er sich durch den ganzen Schrott
hindurchkriechen.**

Aluksi hänen oli pakko ryömiä kaiken romun läpi.

Es gab für ihn keine Möglichkeit, dies zu vermeiden.

Hänellä ei ollut mitään mahdollisuutta välttää sitä.

Später fand er jedoch tatsächlich Freude an dieser Tätigkeit.

Mutta myöhemmin hän itse asiassa löysi tästä toiminnasta
nautintoa.
**Diese Anstrengung hinterließ ihn jedoch traurig und
zutiefst erschöpft.**
Vaikka sellainen ponnistus teki hänet surulliseksi ja syvästi
väsyneeksi.
Und danach war er viele Stunden lang bewegungsunfähig.
Ja sen jälkeen hän ei pystynyt liikkumaan moneen tuntiin.
Die Untermieter aßen manchmal im Wohnzimmer.
Vuokralaiset söivät joskus ateriansa olohuoneessa.
Die Wohnzimmertür blieb an diesen Abenden geschlossen.
Olohuoneen ovi pysyi kiinni noina iltoina.
**Gregor hatte aber keine Schwierigkeiten, die Tür jetzt nicht
zu öffnen.**
Mutta Gregorilla ei ollut nyt vaikeuksia olla avaamatta ovea.
**Selbst wenn die Tür offen war, schaute er nicht immer
hinaus.**
Vaikka ovi oli auki, hän ei aina katsonut ulos.
Doch er legte sich in die dunkelste Ecke des Zimmers.
Mutta hän asettui huoneen pimeimpään nurkkaan.
**Auch der Familie fiel seine mangelnde Aufmerksamkeit
nicht auf.**
Perhe ei myöskään huomannut hänen
välinpitämättömyyttään.
Doch einmal ließ das Dienstmädchen die Tür offen.
Mutta kerran piika jätti oven auki.
**Die Tür blieb auch dann offen, als die Mieter
zurückkehrten.**
Ovi pysyi auki, vaikka vuokralaiset palasivat.
Und die Tür war offen, als das Licht eingeschaltet wurde.
Ja ovi oli auki, kun valot syttyivät.
**Der Mann saß an dem Tisch, an dem die Familie zu Abend
aß.**
Mies istui pöydässä, jossa perhe söi päivällistä.
Vater, Mutter und Gregor saßen dort in früheren Zeiten.
Isä, äiti ja Gregor istuivat siellä ennen vanhaan.

Sie entfalteten die Servietten und nahmen Messer und Gabeln.
He avasivat lautasliinat ja ottivat veitset ja haarukat.
Die Mutter erschien mit einer Schüssel Fleisch in der Tür.
Äiti ilmestyi oviaukkoon kulhollinen lihaa kädessään.
Dann kam die Schwester mit einer Schüssel voller Kartoffeln herein.
Sitten sisko tuli sisään kulhollinen perunoita mukanaan.
Die Untermieter beugten sich über die vor ihnen aufgestellten Schüsseln.
Majatalon asukkaat kumartuivat eteensä asetettujen kulhojen yli.
Der dichte Rauch des Essens stieg ihnen bis in die Nasen.
Ruoan raskas savu nousi heidän nenään asti.
Aber sie hatten noch nicht entschieden, ob sie das Essen essen würden.
Mutta he eivät olleet vielä päättäneet, söisivätkö he ruokaa.
Vielleicht würden sie das Essen zurück in die Küche schicken.
Ehkä he lähettäisivät ruoan takaisin keittiöön.
Der Mann in der Mitte schien die Autoritätsperson zu sein.
Keskellä istuva mies näytti olevan auktoriteetti.
Er schnitt das Fleisch an, um festzustellen, ob es zart genug war.
Hän leikkasi lihan tarkistaakseen, oliko se tarpeeksi mureaa.
Er war zufrieden mit dem Geruch und Aussehen des Essens.
Hän oli tyytyväinen ruoan tuoksuun ja ulkonäköön.
Die Mutter und die Schwester hatten sie ängstlich beobachtet.
Äiti ja sisko olivat katselleet heitä huolestuneina.
Und sie begannen zu lächeln, begleitet von einem Seufzer der aufgestauten Erleichterung.
Ja he alkoivat hymyillä helpotuksen täyttämin huokauksin.
Die Familie selbst wollte in der Küche essen.
Perhe itse aikoi syödä keittiössä.
Doch zuerst ging der Vater nach den Untermietern sehen.
Mutta ensin isä meni tarkistamaan vuokralaisten voinnin.

Er verbeugte sich einmal und hielt dabei seine Arbeitsmütze in der Hand.

Hän kumarsi kerran pitäen työlakkiaan kädessään.

Und er ging einmal im Kreis um den Tisch herum, zu jedem Gast.

Ja hän käveli ympyrän pöydän ympäri, jokaisen vieraan luo

Die Untermieter standen alle auf und murmelten in ihre Bärte.

Kaikki majailijat nousivat seisomaan ja mumisivat partaansa.

Nachdem er gegangen war, aßen sie in fast völliger Stille.

Hänen lähdettyään he söivät lähes täydellisessä hiljaisuudessa.

Gregor fand es seltsam, dass er Kaugeräusche hörte.

Gregorista tuntui oudolta, että hän kuuli pureskelua.

Kein anderer Aspekt des Essens schien Geräusche zu verursachen.

Mikään muu syömisen osa-alue ei tuntunut pitävän ääntä.

Aber er konnte deutlich hören, wie Zähne aufeinander knirschten.

Mutta hän kuuli selvästi hampaiden narskuttelun.

Sie schienen ihm sagen zu wollen, dass er Zähne zum Essen brauche.

Ne näyttivät sanovan hänelle, että hän tarvitsi hampaita syömiseen.

"Ohne Zähne im Kiefer kann man gar nichts machen."

"Et voi tehdä mitään, jos leukasi ovat hampaattomat."

„Ich möchte etwas essen", sagte Gregor ängstlich.

"Haluaisin syödä jotain", Gregor sanoi huolestuneena.

„Aber ich habe keinen Appetit auf das, was ihr alle esst."

"Mutta minulla ei ole minkäänlaista ruokahalua sille, mitä te kaikki syötte."

„Seht euch an, wie diese Mieter essen, und ich verhungere hier."

"Katsokaa, kuinka nämä vuokralaiset syövät, ja minä tässä näännyn nälkään."

Gregor dachte an diesem Abend zufällig an die Geige.

Gregor sattui ajattelemaan viulua sinä iltana.

Er hatte die Geige seit der Verwandlung nicht mehr gehört.
Hän ei ollut kuullut viulua muodonmuutoksen jälkeen.
Doch dann, an diesem Abend, ertönte ein Geräusch aus der Küche.
Mutta sitten, tänä iltana, keittiöstä kuului ääni.
Die Herren hatten ihr Abendessen bereits beendet.
Herrat olivat jo syöneet iltapalansa.
Der mittlere Herr hatte begonnen, eine Zeitung zu lesen.
Keskimmäinen herrasmies oli alkanut lukea sanomalehteä.
Den beiden anderen Herren hatte er jeweils ein Blatt gegeben.
Hän oli antanut kahdelle muulle herrasmiehelle kullekin arkin.
Und nun lehnten sie sich zurück, lasen und rauchten.
Ja nyt he nojasivat taaksepäin ja lukivat ja polttivat.
Als die Geige zu spielen begann, wurden sie aufmerksam.
Kun viulu alkoi soida, heistä tuli tarkkaavaisia.
Sie standen auf und gingen auf Zehenspitzen zur Tür des Vorzimmers.
He nousivat seisomaan ja kävelivät varpaillaan eteisen ovelle.
Hier standen sie eng beieinander und lauschten an der Tür.
Tässä he seisoivat yhdessä kyhmytensä ympäröimänä ja kuuntelivat ovensuussa.
Die Familie muss die Männer aus der Küche gehört haben.
Perheen on täytynyt kuulla miesten äänet keittiöstä.
Denn der Vater rief sie und fragte sie:
Koska isä huusi heille ja kysyi heiltä;
"Ist die Geige für die Herren vielleicht unbequem?"
"Onko viulu kenties epämukava herroille?"
„Wenn Ihnen die Musik nicht gefällt, können wir sofort aufhören."
"Jos ette pidä musiikista, voimme lopettaa heti."
„Im Gegenteil", sagte der mittlere der beiden Herren.
"Päinvastoin", sanoi keskimmäinen herroista.
Möchte die junge Dame in unserem Zimmer Geige spielen?
"Haluaisiko nuori nainen soittaa viulua huoneessamme?"
„Hier ist es definitiv viel komfortabler und gemütlicher."

"Täällä on ehdottomasti paljon mukavampaa ja
viihtyisämpää."
Der Vater antwortete, als wäre er selbst der Geiger.
Isä vastasi aivan kuin olisi itse viulisti.
"Oh bitte, das wäre wunderbar", rief der Vater.
"Voi, se olisi ihanaa", isä huudahti.
Die Herren kehrten ins Wohnzimmer zurück und warteten.
Herrat palasivat olohuoneeseen ja odottivat.
**Bald darauf kam der Vater mit dem Notenständer ins
Zimmer.**
Pian isä tuli huoneeseen nuottiteline kädessään.
Die Mutter kam mit dem Notenbuch ins Zimmer.
Äiti tuli huoneeseen nuottikirja mukanaan.
Und die Schwester kam mit der Geige ins Zimmer.
Ja sisko tuli huoneeseen viulu kädessään.
Sie bereitete in aller Ruhe alles vor, um Geige zu spielen.
Hän valmisteli rauhallisesti kaiken viulunsoittoa varten.
Die Eltern übertrieben ihre Höflichkeit und ihr Benehmen.
Vanhemmat liioittelivat kohteliaisuuttaan ja käytöstapojaan.
Sie hatten zuvor noch nie Zimmer an Untermieter vermietet.
He eivät olleet koskaan aiemmin vuokranneet huoneita
asukkaille.
**Und sie trauten sich nicht einmal, auf ihren eigenen Stühlen
zu sitzen.**
Eivätkä he uskaltaneet edes istua omille tuoleilleen.
Statt sich hinzusetzen, lehnte sich der Vater gegen die Tür.
Isän sijaan hän nojasi oveen.
**Seine rechte Hand befand sich zwischen zwei Knöpfen
seines Mantels.**
Hänen oikea kätensä oli kahden takkinsa napin välissä.
**Der Mutter wurde jedoch von einem Herrn ein Stuhl
angeboten.**
Äidille kuitenkin tarjosi tuolin eräs herrasmies.
**Aber sie setzte sich an die Stelle, wo der Herr den Stuhl
hingestellt hatte.**
Mutta hän istui siihen kohtaan, mihin herrasmies oli tuolin
asettanut.

Und er hatte den Stuhl nicht an einem bestimmten Ort
aufgestellt.
Eikä hän ollut sijoittanut tuolia mihinkään tiettyyn paikkaan.
So saß die Mutter abseits von allen anderen in einer Ecke.
Niinpä äiti istui erillään kaikista, nurkassa.
Und schließlich begann die Schwester Geige zu spielen.
Ja lopulta sisko alkoi soittaa viulua.
Die Eltern auf den gegenüberliegenden Seiten beobachteten
das Geschehen aufmerksam.
Vastakkaisilla puolilla olevat vanhemmat seurasivat tilannetta
tarkasti.
Und sie beobachteten jede Bewegung ihrer Hand genau.
Ja he tarkkailivat tarkasti jokaista hänen käden liikettä.
Gregor war auch vom Geigenspiel fasziniert.
Myös viulunsoitto kiehtoi Gregoria.
Und er wagte sich ein Stück weiter aus seinem Zimmer
hinaus.
Ja hän uskaltautui ulos huoneestaan hieman pidemmälle.
Er hatte den Kopf schon im Wohnzimmer.
Hän oli jo päänsä työntäneenä olohuoneeseen.
Er war stets sehr stolz darauf, besonders rücksichtsvoll zu
sein.
Hän oli aiemmin ylpeä siitä, että oli hyvin huomaavainen.
Doch in letzter Zeit hinterfragte er seine Nachlässigkeit
kaum noch.
Mutta viime aikoina hän tuskin kyseenalaisti
välinpitämättömyyttään.
Auch wenn er jetzt mehr Grund hatte, sich zu verstecken als
zuvor.
Vaikka hänellä oli nyt enemmän syytä piiloutua kuin ennen.
Weil sein Zimmer mit Staub und allerlei Schmutz bedeckt
war.
Koska hänen huoneensa oli täynnä pölyä ja erilaista likaa.
Die geringste Bewegung wirbelte allerlei Schmutz auf.
Pieninkin liike pyöritti ilmaan kaikenlaista roskaa.
Der ganze Dreck klebte an ihm: Staub, Haare, Essensreste.
Kaikki tämä lika tarttui häneen; pöly, hiukset, ruoantähteet.

Er hätte den Schmutz am Teppich abreiben können.
Hän olisi voinut hieroa lian pois mattoa vasten.
Das tat er mehrmals täglich.
Tätä hän teki useita kertoja päivässä.
Doch seine Gleichgültigkeit gegenüber allem war viel zu groß.
Mutta hänen välinpitämättömyytensä kaikkea kohtaan oli aivan liian suurta.
Deshalb hatte er keine Angst, noch ein Stück weiterzugehen.
Niinpä hän ei pelännyt edetä hieman pidemmälle.
Und er betrat den makellosen Wohnzimmerboden.
Ja hän siirtyi olohuoneen moitteettomalle lattialle.
Doch niemand bemerkte ihn oder schenkte ihm Beachtung.
Kukaan ei kuitenkaan huomannut häntä, eikä kukaan kiinnittänyt häneen huomiota.
Die Familie war völlig in das Konzert vertieft.
Perhe oli täysin uppoutunut konserttiin.
Die Herren hingegen zogen sich zunächst zurück.
Herrat taas aluksi perääntyivät.
Und sie standen dicht hinter dem Notenständer der Schwester.
Ja he seisoivat aivan sisaren nuottitelineen takana.
Wenn sie hingesehen hätten, hätten sie die Noten sehen können.
Jos he olisivat katsoneet, he olisivat voineet nähdä nuotit.
Dies hätte die Schwester natürlich beunruhigt.
Tämä olisi tietenkin häirinnyt siskoa.
Dann blieben sie am Fenster stehen, anstatt sich hinzusetzen.
Sitten he seisoivat ikkunan vieressä istumisen sijaan.
Mit den Händen in den Taschen redeten sie weiter.
Kädet taskuissa he jatkoivat puhumista.
Sie blieben dort, während der Vater ängstlich zusah.
He pysyivät siellä isän katsellessa levottomana.
Man hatte den Eindruck, dass sie andere Erwartungen hatten.
hatten.

Joku sai sellaisen vaikutelman, että heillä oli muita odotuksia.
Und es schien wirklich so, als wären sie enttäuscht gewesen.
Ja he todellakin näyttivät pettyneiltä.
Es schien, als hätten sie genug von der Vorstellung.
Vaikutti siltä, että heillä oli esitys tarpeeksi.
Sie hatten zugelassen, dass die Geige ihren Frieden störte.
He olivat antaneet viulun häiritä rauhaansa.
Und sie tolerierten die Musik nur aus Höflichkeit.
Ja he sietivät musiikkia vain kohteliaisuudesta.
Besonders beunruhigend war, wie sie den Rauch wegbliesen.
Se, miten he puhalsivat savun pois, oli erityisen hermoja raastavaa.
Und dennoch spielte sie so wunderschön Geige.
Ja silti hän soitti viulua niin kauniisti.
Ihr Gesicht war leicht zur Seite geneigt, auf der Geige.
Hänen kasvonsa olivat kevyesti kallistuneet sivulle, viulun tahtiin.
Ihr Blick wanderte traurig die Notenlinien entlang.
Hänen silmänsä tutkivat surullisesti nuottiviivoja.
Gregor fühlte sich ein wenig mehr ins Wohnzimmer hineingezogen.
Gregor tunsi tulevansa vedetyksi hieman syvemmälle olohuoneeseen.
Er hielt den Kopf dicht am Boden, blickte aber nach oben.
Hän piti päänsä lähellä maata, mutta katsoi ylöspäin.
Vielleicht würde sich so der Blick seiner Schwester mit seinem treffen.
Ehkä tällä tavoin hänen sisarensa katse kohtaisi hänen silmänsä.
Kann man wirklich sagen, dass er nur ein Tier war?
Voidaanko todella sanoa, että hän oli vain eläin?
War er etwa ein Tier, wenn ihn Musik so fesseln konnte?
Oliko hän eläin, jos musiikki kykeni lumoamaan hänet niin paljon?
Er hatte das Gefühl, ihm sei ein Weg zu unbekannter Nahrung gezeigt worden.

Hänestä tuntui kuin hänelle olisi näytetty tie tuntemattomaan ravintoon.

Vielleicht war dies die Nahrung, die ihm fehlte.

Ehkä tämä oli se ravinto, jota hän kaipasi.

Er war fest entschlossen, zu seiner Schwester zu gelangen.

Hän oli päättänyt lähteä sisarensa luo.

Er wollte an ihrem Rock zupfen, um ihre Aufmerksamkeit zu erregen.

Hän halusi nykäistä hänen hamettaan saadakseen tämän huomion.

Er wollte ihr eine Art Einladung signalisieren.

Hän halusi antaa naiselle viitteen kutsusta.

„Komm und spiel Geige in meinem Zimmer", wollte er sagen.

"Tule soittamaan viulua huoneeseeni", hän halusi sanoa.

Er wollte, dass sie für ihre wunderschöne Musik belohnt wird.

Hän halusi, että hänet palkittaisiin hänen kauniista musiikistaan.

"Niemand hier belohnt dich dafür, dass du Geige spielst."

"Kukaan täällä ei palkitse sinua viulunsoitosta."

Er wollte sie nicht mehr aus seinem Zimmer lassen.

Hän ei halunnut enää päästää naista ulos huoneestaan.

Er wollte, dass sie so lange bei ihm blieb, wie er lebte.

Hän halusi naisen pysyvän hänen luonaan niin kauan kuin hän eli.

Zum ersten Mal hatte seine Verwandlung einen Vorteil.

Ensimmäistä kertaa hänen muodonmuutoksestaan oli hyötyä.

Seine Missbildung würde ihm nun endlich noch von Nutzen sein.

Hänen epämuodostumastaan tulisi vihdoin hänelle hyödyllinen.

Er wollte gleichzeitig an allen vier Türen sein.

Hän halusi olla kaikilla neljällä ovella yhtä aikaa.

Er wollte sie von allen Seiten anfauchen und anspucken.

Hän halusi sihistää ja sylkeä heitä kohti joka kulmasta.

Seine Schwester sollte nicht gezwungen werden, bei ihm zu bleiben.

Hänen siskoaan ei pitäisi pakottaa jäämään hänen luokseen.

Er wollte, dass sie sich freiwillig dafür entschied, bei ihm zu bleiben.

Hän halusi naisen jäävän hänen luokseen vapaaehtoisesti.

Sie wollte sich neben ihn setzen und sich zu ihm hinunterbeugen.

Hän aikoi istua hänen viereensä ja kumartua häntä kohti.

Und er wollte ihr von der Musikschule erzählen.

Ja hän aikoi kertoa hänelle musiikkikoulusta.

Er hatte die feste Absicht, sie auf die Akademie zu schicken.

Hänellä oli vakaa aikomus lähettää hänet akatemiaan.

Das hätte er allen schon letztes Weihnachten erzählt.

Hän olisi kertonut tästä kaikille viime jouluna.

War Weihnachten etwa schon wieder vorbei?

Oliko joulu todellakin taas tullut ja mennyt?

Und er hätte sich von niemandem davon abbringen lassen.

Eikä hän olisi antanut kenenkään estää itseään tekemästä niin.

Doch dann setzte das Unglück allem ein Ende.

Mutta sitten valitettava onnettomuus pysäytti kaiken.

Die Schwester wäre von ihren Gefühlen überwältigt gewesen.

Sisko olisi varmasti liikuttunut.

Und dann wäre Gregor bis auf ihre Schulter geklettert.

Ja sitten Gregor olisi kiivennyt hänen olkapäälleen.

Und er hätte sie getröstet, indem er ihren Hals geküsst hätte.

Ja hän olisi lohduttanut häntä suukottamalla hänen kaulaansa.

„Herr Samsa!", rief der Mann in der Mitte dem Vater zu.

"Herra Samsa!" keskellä oleva mies huusi isälle.

Er zeigte mit dem Zeigefinger nach unten auf Gregor.

Hän osoitti etusormellaan Gregoria alaspäin.

Gregor bewegte sich langsam über den Wohnzimmerboden.

Gregor liikkui hitaasti olohuoneen lattiaa pitkin.

Das Geigenspiel verstummte sehr schnell.

Viulunsoitto hiljeni hyvin nopeasti.

Der mittlere der drei Männer lächelte seine Freunde an.

Keskimmäinen kolmesta miehestä hymyili ystävilleen.
Dann schüttelte er den Kopf und blickte zurück zu Gregor.
Sitten hän pudisti päätään ja katsoi takaisin Gregoriin.
Der Vater hätte Gregor zurück in sein Zimmer schicken können.
Isä olisi voinut pakottaa Gregorin takaisin huoneeseensa.
Das war jedoch nicht die erste Maßnahme, zu der er sich entschloss.
Mutta se ei ollut ensimmäinen päätös, jonka hän teki.
Er hielt es für wichtiger, die Herren zu beruhigen.
Hänestä oli tärkeämpää rauhoittaa herrasmiehiä.
Obwohl sie von Gregor eigentlich überhaupt nicht verärgert waren.
Vaikka Gregor ei heitä oikeastaan lainkaan järkyttänyt.
Gregor schien unterhaltsamer als das Geigenspiel.
Gregor vaikutti viihdyttävämmältä kuin viulunsoitto.
Er eilte mit ausgestreckten Armen auf sie zu.
Hän ryntäsi heidän luokseen kädet ojennettuina.
Er gab sein Bestes, um ihren Blick auf Gregor zu verbergen.
Hän yritti parhaansa mukaan peittää heidän näkökulmansa Gregoriin.
Und er versuchte, sie zur Rückkehr in ihr Zimmer zu bewegen.
Ja hän yritti rohkaista heitä takaisin huoneeseensa.
Das hat sie eher ein wenig verärgert.
Jos mikään, tämä oikeastaan ärsytti heitä hieman.
Es war aber schwer zu sagen, was genau sie störte.
Mutta oli vaikea sanoa, mikä heitä tarkalleen ottaen ärsytti.
Der Vater verdarb die abendliche Unterhaltung.
Isä pilasi illanvieton.
Aber sie hatten auch gerade erst von ihrem neuen Mitbewohner erfahren.
Mutta he olivat myös juuri kuulleet uudesta kämppiksestään.
Sie hoben die Hände, genau wie der Vater es getan hatte.
He nostivat kätensä aivan kuten isä oli tehnyt.
Sie verlangten vom Vater eine sofortige Erklärung.
He vaativat isältä välitöntä selitystä.

Sie zupften unruhig an ihren Bärten, um eine Antwort zu bekommen.
He nykivät levottomasti partaansa vastausta odottaen.
Und sie bewegten sich rückwärts in ihr Zimmer, aber sehr langsam.
Ja he liikkuivat takaperin huoneeseensa, mutta hyvin hitaasti.
Die Unterbrechung hatte die Schwester in eine Trance versetzt.
Keskeytys oli saattanut sisaren transsiin.
Sie ließ Geige und Bogen an ihrer Seite herabhängen.
Hän antoi viulun ja jousen roikkua vierellään.
Und sie blickte auf die Notenblätter, als ob sie immer noch spielen würde.
Ja hän katsoi nuotteja aivan kuin ne soittaisivat yhä.
Doch dann zog sie sich plötzlich wieder ins Zimmer zurück.
Mutta sitten hän yhtäkkiä veti itsensä takaisin huoneeseen.
Und sie hatte nun das Gefühl, verloren zu sein, überwunden.
Ja hän oli nyt voittanut eksyneisyyden tunteen.
Sie legte das Musikinstrument auf den Schoß ihrer Mutter.
Hän laski soittimen äitinsä syliin.
Die Mutter saß schwer atmend auf dem Stuhl.
Äiti istui tuolissa ja hengitti raskaasti.
Und dann musste die Schwester ins Nebenzimmer rennen.
Ja sitten siskon täytyi juosta seuraavaan huoneeseen.
Sie musste alles für die Herren vorbereiten.
Hänen täytyi saada kaikki valmiiksi herrasmiehiä varten.
Sie warf die Decken und Kissen in die Luft.
Hän heitti peitot ja tyynyt ilmaan.
Und mit ihren geschickten Händen richtete sie die gesamte Bettwäsche her.
Ja taitavilla käsillään hän järjesti kaikki vuodevaatteet.
Sie war schon fertig, bevor die Herren den Raum erreichten.
Hän oli valmis ennen kuin herrat ehtivät huoneeseen.
Und sie verschwand, bevor sie ihnen in die Quere kam.
Ja hän livahti ulos ennen kuin osui heidän tielleen.

Der Vater schien von seiner eigenen Sturheit beherrscht zu sein.

Isä näytti olevan oman itsepäisyytensä lumoissa.

Und so vergaß er jeglichen Respekt, den er seinen Mietern schuldete.

Ja niin hän unohti kaiken kunnioituksen, jonka hän oli velkaa vuokralaisilleen.

Er drängte und drängte, bis deren Sprecher Einspruch erhob.

Hän painosti ja painosti, kunnes heidän edustajansa vastusti.

Als er die Tür erreichte, stampfte er wütend mit dem Fuß auf.

Hän polki vihaisesti jalkaansa päästyään ovelle.

Und damit brachte er den Vater zum Schweigen.

Ja siten hän pysäytti isän.

„Hiermit erkläre ich", begann er sich an seinen Vermieter zu wenden.

"Julistan täten", hän alkoi puhutella isäntäänsä.

Und er hob die Hand und blickte die ganze Familie an.

Ja hän nosti kätensä katsoen koko perhettä.

„Hinsichtlich der widerlichen Zustände im Zimmer;"

"Mitä tulee huoneen vastenmielisiin olosuhteisiin;"

Und er sorgte dafür, dass alle seinen Worten zuhörten.

Ja hän varmisti, että kaikki kuuntelivat hänen sanojaan.

"Hiermit kündige ich meinen Auszug aus meinem Zimmer."

"Ilmoitan täten, että luovutan huoneeni."

Und er unterstrich seine Aussage zusätzlich, indem er auf den Boden spuckte.

Ja hän jatkoi väitteensä esittämistä sylkemällä maahan.

„Auch die Tage, die ich hier gelebt habe, werde ich nicht bezahlen."

"Enkä aio maksaa niistä päivistä, jotka olen täällä asunut."

Mit dieser Rückerstattung war er allerdings nicht ganz zufrieden.

Hän ei kuitenkaan ollut täysin tyytyväinen tähän hyvitykseen.

„Und ich werde erwägen, weitere Forderungen an Sie zu stellen."

"Ja harkitsen muiden vaatimusten esittämistä sinua vastaan."

„Glauben Sie mir, solche Forderungen lassen sich sehr leicht rechtfertigen."

"Uskokaa minua, tällaiset vaatimukset on hyvin helppo perustella."

Er schwieg und blickte den Vater direkt an.

Hän oli hiljaa ja katsoi suoraan eteenpäin isään.

Er schien zu erwarten, dass noch etwas passieren würde.

Hän näytti odottavan, että tapahtuisi jotain enemmän.

Tatsächlich hatten seine beiden Freunde sofort die gleiche Idee.

Itse asiassa hänen kahdella ystävällään oli heti sama ajatus.

„Wir stornieren auch unsere Zimmer", sagten sie unisono.

"Mekin peruutamme huoneemme", he sanoivat yhteen ääneen.

Dann packte er den Türgriff und schloss die Tür.

Sitten hän tarttui ovenkahvaan ja sulki oven.

Und mit einem lauten Knall schlossen sie sich in ihrem Zimmer ein.

Ja kovan pamauksen saattelemana he sulkivat itsensä huoneeseensa.

Der Vater taumelte mit tastenden Händen zu seinem Stuhl.

Isä horjahti tuolilleen kädet hapuillen.

Und er ließ sich besiegt in den Stuhl fallen.

Ja hän antoi itsensä pudota tuoliin, lyötynä.

Es sah so aus, als ob er seinen üblichen Abendschlaf halten würde.

Näytti siltä kuin hän olisi menossa tavalliselle iltapäiväunilleen.

Sein Kopf nickte jedoch fast so, als ob er nicht gestützt würde.

Mutta hänen päänsä nyökkäsi melkein kuin sitä ei olisi tuettu.

Und man konnte sehen, dass er überhaupt nicht schlief.

Ja näkyi, ettei hän nukkunut ollenkaan.

Während all dem hatte Gregor sich nicht von der Stelle gerührt.

Koko tämän ajan Gregor ei ollut liikkunut paikaltaan.

Er befand sich noch immer an der Stelle, wo die Herren ihn
zuerst gesehen hatten.

Hän oli yhä siinä paikassa, missä herrat olivat hänet ensi
kertaa nähneet.

Selbst wenn er umziehen wollte, fand er es unmöglich.

Vaikka hän olisi halunnutkin liikkua, hän huomasi sen olevan
mahdotonta.

Entweder aus Enttäuschung oder aus Hunger.

Pettymyksensä tai nälkensä vuoksi.

Er war enttäuscht über das Scheitern seines Plans.

Hän oli pettynyt suunnitelmansa epäonnistumiseen.

Und er war geschwächt von dem anhaltenden Hunger, den
er verspürte.

Ja hän oli heikko pitkittyneestä nälän tunteestaan.

Er war sich sicher, dass sich jeden Moment alle gegen ihn
wenden würden.

Hän oli varma, että kaikki kääntyisivät häntä vastaan minä
hetkenä hyvänsä.

In Erwartung des unmittelbar bevorstehenden
Zusammenbruchs wartete er.

Tämän välittömän romahduksen odotuksen vallassa hän
odotti.

Die Geige begann vom Schoß der Mutter zu rutschen.

Viulu alkoi valua äidin sylistä.

Mit einem ohrenbetäubenden Geräusch fiel die Geige zu
Boden.

Kovaan ääneen viulu putosi maahan.

Doch selbst dieses plötzliche Krachen ließ ihn nicht
erschrecken.

Mutta edes tämä äkillinen jyrähdys ei säikäyttänyt häntä.

„Liebe Eltern", sagte die Schwester, „so kann es nicht
weitergehen."

"Rakkaat vanhemmat", sisar sanoi, "tämä ei voi jatkua."

Und um ihrer Aussage Nachdruck zu verleihen, schlug sie
mit der Hand auf den Tisch.

Ja hän löi kädellään pöytää perustellakseen näkemyksensä.

"Ich werde den Namen meines Bruders vor diesem Monster
nicht aussprechen."
"En aio lausua veljeni nimeä tämän hirviön edessä."
„Deshalb sage ich es so deutlich wie möglich:"
"Siksi sanon tämän niin suoraan kuin mahdollista:"
„Uns bleibt keine andere Wahl, als dieses Tier
loszuwerden."
"Meillä ei ole muuta vaihtoehtoa kuin hankkiutua eroon tästä
eläimestä."
„Wir haben unser Bestes getan, um dieses Tier zu tolerieren
und zu pflegen."
"Teimme parhaamme suojellaksemme ja hoitaaksemme tätä
eläintä."
„Ich glaube nicht, dass uns irgendjemand auch nur im
Geringsten die Schuld geben kann."
"En usko, että kukaan voi syyttää meitä mistään."
„Sie hat tausendfach Recht", stimmte der Vater zu.
"Hän on tuhat kertaa oikeassa", myönsi isä.
Die Mutter hatte noch immer nicht wieder richtig Luft
bekommen.
Äiti ei ollut vieläkään saanut täysin henkeä.
Sie begann dumpf in ihre Hand zu husten und atmete
schwer.
Hän alkoi yskiä vaisusti käteensä, hengittäen raskaasti.
Und in ihren Augen begann sich ein wahnsinniger
Ausdruck abzuzeichnen.
Ja hänen silmiinsä alkoi ilmestyä hullu ilme.
Die Schwester eilte zu ihrer Mutter und hielt sich die Stirn.
Sisko kiiruhti äitinsä luo ja piteli otsaansa.
Der Vater schien von den Worten der Schwester inspiriert
zu sein.
Isä näytti inspiroituvan siskon sanoista.
Und seine Gedanken schienen klarer als zuvor.
Ja hänen ajatuksensa tuntuivat olevan selkeämpiä kuin ennen.
Er hörte auf, mit dem Kopf zu nicken, und setzte sich wieder
aufrecht hin.
Hän lakkasi nyökyttelemästä ja nousi taas istumaan.

Und er spielte, in tiefes Nachdenken versunken, mit der Mütze seines Dieners.

Ja hän leikki palvelijansa hatulla, syvissä mietteissä.

Die Teller der Mieter standen noch auf dem Tisch.

Vuokralaisten lautaset olivat yhä pöydällä.

Und manchmal blickte er zu dem schweigenden Gregor hinüber.

Ja hän katsoi joskus hiljaista Gregoria kohti.

„Wir müssen versuchen, es loszuwerden", sagte die Schwester zu ihm.

"Meidän täytyy yrittää päästä siitä eroon", sisko sanoi hänelle.

Die Mutter war zu sehr mit Husten beschäftigt, um zuzuhören.

Äiti oli liian kiireinen yskimisen kanssa kuunnellakseen.

„Das wird euch beide umbringen, ich sehe es schon kommen."

"Se tappaa teidät molemmat, näen sen jo tulevan."

„Wir können nicht alle weiterhin so hart arbeiten wie bisher."

"Emme kaikki voi jatkaa työntekoa yhtä kovasti kuin tähänkin asti."

„Und jeden Tag müssen wir nach Hause kommen und diese Qualen erleiden."

"Ja joka päivä meidän on palattava kotiin kokemaan tätä kidutusta."

„Wir können das nicht mehr ertragen. Ich kann das nicht mehr ertragen."

"Emme kestä tätä enää. Minä en kestä tätä."

In einem letzten Tränenausbruch sank sie ihrer Mutter in die Arme.

Hän lankesi äitinsä luo viimeisessä kyynelepurkauksessa.

Die Tränen rannen ihr über das Gesicht und auf das ihrer Mutter.

Kyyneleet valuivat hänen kasvojaan pitkin ja äidin kasvoille.

Und mit einer mechanischen Bewegung wischte sie sich die Tränen weg.

Ja hän pyyhki kyyneleet pois mekaanisella liikkeellä.

„Mein Kind", sagte der Vater mitfühlend.

"Lapseni", sanoi isä myötätuntoisella äänellä.

In seiner Stimme lag tiefes Mitgefühl und Verständnis.

Hänen äänessään oli syvää myötätuntoa ja ymmärrystä.

„Aber was sollen wir tun?", gestand er und gab zu, es nicht zu wissen.

"Mutta mitä meidän pitäisi tehdä?" hän tunnusti tietämättömänä.

Die Schwester zuckte nur hilflos mit den Schultern.

Sisko vain kohautti olkapäitään avuttomana.

Und ihr anfängliches Selbstvertrauen wich erneut Tränen.

Ja hänen aiempi itseluottamuksensa vaihtui jälleen kyyneliin.

„Wenn er uns doch nur verstehen würde", sagte der Vater laut.

"Jospa hän vain ymmärtäisi meitä", sanoi isä ääneen.

Und er fragte sich halb, ob Gregor es vielleicht verstanden hatte.

Ja hän puoliksi kyseenalaisti, ymmärsikö Gregor kenties.

Die Schwester schüttelte unter Tränen heftig die Hand.

Sisko vain kätteli häntä rajusti itkien.

Und so signalisierte sie, dass man diese Idee gar nicht erst in Erwägung ziehen sollte.

Ja niin hän antoi ymmärtää, ettei ajatusta kannata edes ajatella.

„Aber wenn er uns doch nur verstehen würde", wiederholte der Vater.

"Mutta jospa hän vain ymmärtäisi meitä", toisti isä.

Er schloss die Augen und dachte über die Antwort seiner Schwester nach.

Sulkemalla silmänsä hän mietti sisaren vastausta.

"Wenn er verstünde, dass eine Vereinbarung mit ihm getroffen werden könnte."

"Jos hän ymmärtäisi, hänen kanssaan voitaisiin tehdä sopimus."

„Aber unter den gegebenen Umständen…"

"Mutta kun asiat ovat niin kuin ne ovat…"

„Es muss weg!", rief die Schwester, „es ist der einzige Weg."

"Sen täytyy mennä", huudahti sisar, "se on ainoa tie."

„Du musst den Gedanken loswerden, dass es Gregor ist."
"Sinun täytyy päästä eroon ajatuksesta, että se on Gregor."
„Dass wir das so lange geglaubt haben, ist unser
eigentliches Unglück."
"Se, että uskoimme siihen niin kauan, on todellinen
onnettomuutemme."
„Aber wie kann es Gregor sein?", fragte sie ihren Vater.
"Mutta kuinka se voi olla Gregor?" hän kysyi isältään.
„Er wusste, dass ein solches Tier nicht mit Menschen
zusammenleben kann."
"Hän tiesi, että tuollainen eläin ei voi elää ihmisten kanssa."
„Gregor hätte uns schon längst freiwillig verlassen."
"Gregor olisi jättänyt meidät jo kauan sitten, vapaaehtoisesti."
„Das stimmt, dann hätten wir keinen Bruder mehr."
"Totta, meillä ei silloin olisi veljeä."
„Aber wir könnten weiterleben und sein Andenken ehren."
"Mutta me voisimme jatkaa elämää ja kunnioittaa hänen
muistoaan."
„Aber dieses Ungeheuer verfolgt uns und vertreibt unsere
Pächter."
"Mutta tämä peto jahtaa meitä ja ajaa pois vuokralaisemme."
„Es will ganz offensichtlich die ganze Wohnung in Besitz
nehmen."
"Se selvästikin haluaa vallata koko asunnon."
„Dieses Biest will, dass wir auf der Straße schlafen."
"Tämä peto haluaa meidät nukkumaan kadulla."
"Schau, Vater", rief sie plötzlich, "er bewegt sich schon
wieder!"
"Katso, isä", hän huudahti yhtäkkiä, "hän liikkuu taas!"
Und sie tat etwas, das selbst Gregor nicht verstehen konnte.
Ja hän teki asian, jota edes Gregor ei ymmärtänyt.
Sie stieß sich von sich selbst ab, als wolle sie die Mutter
opfern.
Hän työnsi itsensä pois, ikään kuin uhratakseen äitinsä.
Und sie rannte hinter ihrem Vater her, um sich in Sicherheit
zu bringen.
Ja hän juoksi isänsä perässä jonkinlaiseen turvaan.

Der Vater war nur deshalb so aufgebracht, weil seine
Tochter es war.

Isä oli hermostunut vain siksi, että hänen tyttärensä oli.

Doch dann stand auch er auf und hob die Arme über sie.

Mutta sitten hänkin nousi seisomaan ja kohotti kätensä hänen
ylleen.

Gregor hatte jedoch keinerlei Absicht gehabt,
irgendjemanden zu erschrecken.

Mutta Gregorilla ei ollut aikomustakaan pelotella ketään.

Er hatte insbesondere nicht die Absicht, seine Schwester zu
erschrecken.

Hänellä ei varsinkaan ollut ajatuksia pelotella siskoaan.

Er wollte sich gerade umdrehen und zurück in sein Zimmer
gehen.

Hän yritti vain kääntyä takaisin huonettaan päin.

Doch in seinem sich verschlechternden Zustand war selbst
das schwierig.

Mutta hänen pahenevassa kunnossaan tämäkin oli vaikeaa.

Und er konnte seine Beine nicht mehr vollumfänglich
nutzen.

Eikä hän enää pystynyt käyttämään kaikkia jalkojaan täysin.

Also benutzte er seinen Kopf, um seinen Körper anzuheben
und sich umzudrehen.

Niinpä hän käytti päätään nostaakseen vartaloaan ja
kääntyäkseen.

Er hielt inne und suchte in der Familie nach deren
Zustimmung.

Hän pysähtyi ja katseli ympärilleen perheen hyväksyntää
odottaen.

Seine guten Absichten schienen erkannt worden zu sein.

Hänen hyvä aikomus näytti tulleen ymmärretyksi.

Seine Bewegung hatte sie nur kurzzeitig erschreckt.

Hänen liikkeensä oli ollut heille vain hetkellinen järkytys.

Nun blickten sie ihn alle in unglücklichem Schweigen an.

Nyt he kaikki katsoivat häntä onnettoman hiljaisuuden
vallassa.

Die Mutter lag noch immer erschöpft im Sessel.

Äiti makasi yhä nojatuolissa uupuneena.

Vater und Schwester saßen nebeneinander.

Isä ja sisko istuivat vierekkäin.

»Vielleicht lassen sie mich jetzt umdrehen«, dachte Gregor.

"Ehkä he nyt antavat minun kääntyä", ajatteli Gregor.

Und er setzte seine unbeholfene Drehbewegung fort.

Ja hän jatkoi kömpelöä kääntymisliikettään.

Er konnte die gelegentlichen Atemzüge der Anstrengung nicht unterdrücken.

Hän ei pystynyt tukahduttamaan satunnaisia rasituksen aiheuttamia henkäyksiä.

Und er war gezwungen, zwischendurch ein paar Mal Pausen einzulegen.

Ja hänen täytyi levätä pari kertaa välissä.

Niemand drängte ihn jetzt zur Eile; es lag ganz bei ihm.

Kukaan ei pakottanut häntä nyt kiirehtimään; se oli hänen päätettävissään.

Schließlich vollendete er die langsame und schmerzhafte Drehung.

Lopulta hän suoritti hitaan ja tuskallisen käännöksen.

Er machte sich sofort auf den Weg zurück in sein Zimmer.

Hän alkoi heti kävellä suoraan takaisin huoneeseensa.

Er war erstaunt darüber, wie weit er von seinem Zimmer entfernt war.

Hän oli hämmästynyt siitä, kuinka kaukana hän oli huoneestaan.

Wie war er trotz seiner Schwäche zuvor dorthin gelangt?

Kuinka hän oli heikkoudestaan huolimatta päässyt sinne aiemmin?

Er war fast denselben Weg gegangen, ohne es zu bemerken.

Hän oli kulkenut lähes samaa reittiä huomaamattaan.

Er konzentrierte sich jetzt nur noch darauf, so schnell wie möglich zu krabbeln.

Hän keskittyi vain ryömimään niin nopeasti kuin nyt pystyi.

Das Ausbleiben von Kommentaren störte ihn nicht.

Kenenkään kommenttien puuttuminen ei häntä häirinnyt.

Erst als er schon in der Tür war, drehte er den Kopf.

Vasta ovella hän käänsi päätään.

Aber er konnte sich nicht vollständig umdrehen und zurückblicken.

Mutta hän ei pystynyt kääntymään katsoakseen kokonaan taakseen.

Denn er spürte, wie sich sein Nacken beim Umdrehen noch mehr versteifte.

Koska hän tunsi niskansa jäykistyvän entisestään kääntyessään.

Doch er sah, dass sich hinter ihm ohnehin nichts verändert hatte.

Mutta hän näki, ettei mikään ollut muuttunut hänen takanaan kuitenkaan.

Der einzige Unterschied war, dass seine Schwester aufgestanden war.

Ainoa ero oli, että hänen sisarensa oli noussut seisomaan.

Sein letzter Blick verriet ihm, dass seine Mutter eingeschlafen war.

Viimeinen vilkaisu osoitti, että hänen äitinsä oli nukahtanut.

Sobald er in seinem Zimmer war, wurde die Tür geschlossen.

Heti kun hän oli huoneessaan, ovi sulkeutui.

Und sobald die Tür geschlossen war, wurde der Schrank verriegelt.

Ja heti kun ovi suljettiin, lukko lukittiin.

Gregor erschrak über das unerwartete Geräusch hinter ihm.

Gregor pelästyi takaa kuuluvaa odottamatonta ääntä.

Und vor lauter Überraschung knickten seine Beine unter ihm ein.

Ja hänen jalkansa pettivät alta äkillisestä yllätyksestä.

Es war seine Schwester, die hinter ihm zur Tür geeilt war.

Se oli sisar, joka oli ryntäsi ovelle hänen takanaan.

Sie stand bereits aufrecht da und wartete auf ihn.

Hän oli jo seissyt siinä suorassa ja odottanut häntä.

Dann machte sie einen leichten Sprung nach vorn, ohne dass Gregor es hörte.

Sitten hän hyppäsi kevyesti eteenpäin Gregorin kuulematta.

"Endlich!", rief sie laut, als sie den Schlüssel umdrehte.

"Vihdoinkin!" hän huusi ääneen kääntäessään avainta.

„Was nun?", fragte sich Gregor, allein in der Dunkelheit.

"Mitä nyt?", Gregor kysyi itseltään yksin pimeässä.

Er merkte bald, dass er sich überhaupt nicht mehr bewegen konnte.

Pian hän huomasi, ettei pystynyt enää liikkumaan ollenkaan.

Doch seine Unbeweglichkeit überraschte ihn nicht wirklich.

Mutta liikkumattomuutensa ei oikeastaan yllättänyt häntä.

Sich auf so dünnen Beinen fortbewegen zu können, erschien lächerlich.

Liikkuminen noin ohuilla jaloilla tuntui naurettavalta.

Er wusste nicht, wie ihm das jemals gelungen war.

Hän ei tiennyt, miten hän oli koskaan pystynyt siihen.

Abgesehen davon fühlte er sich aber relativ wohl.

Mutta muuten hän tunsi olonsa suhteellisen mukavaksi.

Es stimmt, dass er am ganzen Körper tiefe Schmerzen verspürte.

On totta, että hän tunsi syvää kipua koko kehossaan.

Doch der Schmerz schien immer schwächer zu werden.

Mutta kipu tuntui heikkenevän ja heikkenevän.

Und er hatte das Gefühl, der Schmerz würde irgendwann verschwinden.

Ja hänestä tuntui, että kipu lopulta katoaisi.

Er spürte den faulen Apfel in seinem Rücken kaum noch.

Hän tuskin tunsi enää mätää omenaa selässään.

Er dachte mit Rührung und Liebe an seine Familie zurück.

Hän muisteli perhettään liikuttuneina ja rakkaudella.

Er spürte die Gefühle seiner Schwester noch stärker als sie selbst.

Hän tunsi siskonsa tunteet jopa enemmän kuin tämä oli aiemmin.

Sie hatte Recht mit dem, was sie gesagt hatte; er musste gehen.

Hän oli oikeassa siinä, mitä oli sanonut; miehen oli lähdettävä.

Er verbrachte einige Zeit in diesem leeren und friedlichen Zustand.

Hän vietti jonkin aikaa tässä tyhjässä ja rauhallisessa tilassa.
Die Uhr schlug dreimal, leise, aber bestimmt.
Kello löi kolme kertaa, hiljaa mutta lujasti.
Gregor wurde sanft aus seinen Betrachtungen gerissen.
Gregor herätettiin lempeästi mietteistään.
Er beobachtete, wie das Morgenlicht langsam in sein Zimmer drang.
Hän katseli aamunvalon hitaasti laskeutuvan huoneeseensa.
Dann sank sein Kopf völlig nach unten, ohne dass er es wollte.
Sitten hänen päänsä vajosi kokonaan alas, tahtomattaan.
Und sein letzter Atemzug entwich schwach aus seinen Nasenlöchern.
Ja hänen viimeinen henkäyksensä virtasi heikosti sieraimistaan.

Das Dienstmädchen kam früh am Morgen in sein Zimmer.
Palvelijatar tuli hänen huoneeseensa aikaisin aamulla.
Bei ihrem üblichen kurzen Besuch fand sie nichts Ungewöhnliches vor.
Hän ei löytänyt mitään epätavallista tavallisen lyhyen vierailunsa aikana.
Aus Kraft und in Eile knallte sie alle Türen zu.
Voimasta ja kiireestä hän paiskasi kaikki ovet kiinni.
An ruhigen Schlaf war in der gesamten Wohnung nicht zu denken.
Koko asunnossa ei saanut nukuttua rauhassa.
Sie war gebeten worden, dies morgens zu vermeiden.
Häntä oli pyydetty välttämään tämän tekemistä aamulla.
Sie glaubte, er läge absichtlich so regungslos da.
Hän luuli hänen makaavan siinä tarkoituksella niin liikkumattomana.
Vielleicht wollte er ihr zeigen, dass er beleidigt war.
Ehkä hän halusi näyttää hänelle, että oli loukkaantunut.
Sie vertraute darauf, dass er über alle Arten von Intelligenz verfügte.
Hän luotti siihen, että hänellä oli kaikenlaista älykkyyttä.

Sie hielt zufällig den langen Besen in der Hand.
Hän sattui pitämään pitkää luutaa kädessään.
Also versuchte sie von der Tür aus, Gregor ein wenig zu kitzeln.
Niinpä hän yritti ovelta käsin kutitella Gregoria hieman.
Sie war etwas verärgert darüber, dass er überhaupt nicht reagierte.
Häntä vähän harmitti, ettei hän vastannut ollenkaan.
Deshalb stieß sie ihn diesmal etwas energischer an.
Niinpä hän painoi häntä tällä kertaa hieman lujemmin.
Als er keinen Widerstand leistete, sah sie genauer hin.
Kun hän ei osoittanut vastarintaa, nainen katsoi häntä tarkemmin.
Bald begriff sie, was Gregor wirklich zugestoßen war.
Pian hän tajusi, mitä Gregorille oli todella tapahtunut.
Sie öffnete die Augen noch weiter und pfiff vor sich hin.
Hän avasi silmänsä leveämmälle ja vihelsi itsekseen.
Doch sie zögerte nicht lange, bevor sie die Tür öffnete.
Mutta hän ei tuhlannut paljoa aikaa ennen kuin avasi oven.
Und sie rief mit lauter Stimme in die Dunkelheit:
Ja hän huusi kovalla äänellä pimeyteen:
"Komm und sieh es dir an, da liegt es, völlig tot."
"Tule katsomaan, tuolla se makaa, aivan kuolleena."
Die beiden Eltern saßen aufrecht in ihrem Ehebett.
Kaksi vanhempaa istui suorana aviovuoteessaan.
Zuerst mussten sie den Lärmschock überwinden.
Ensin heidän täytyi selvitä melun aiheuttamasta järkytyksestä.
Doch dann begannen sie langsam, ihre Botschaft zu verstehen.
Mutta sitten he alkoivat hitaasti ymmärtää hänen viestiään.
Herr und Frau Samsa sprangen jeweils von ihrer Seite des Bettes.
Herra ja rouva Samsa hyppäsivät kumpikin omalta puoleltaan sängystä.
Herr Samsa warf sich die dicke Decke über die Schultern.
Herra Samsa heitti paksun peiton harteilleen.
Und Frau Samsa kam nur im Nachthemd heraus.

Ja rouva Samsa tuli ulos yllään vain yöpaita.

Und so gelangten sie in Gregors Zimmer.

Ja niin he astuivat Gregorin huoneeseen.

Inzwischen hatte sich auch die Tür zum Wohnzimmer geöffnet.

Samaan aikaan olohuoneen ovi oli myös avautunut.

Grete hatte dort geschlafen, seit die Mieter eingezogen waren.

Grete oli nukkunut siellä siitä lähtien, kun vuokralaiset muuttivat sisään.

Sie war vollständig angezogen, als hätte sie überhaupt nicht geschlafen.

Hän oli täysin pukeutunut, aivan kuin ei olisi nukkunut ollenkaan.

Ihr blasses Gesicht schien ebenfalls ihren Schlafmangel zu beweisen.

Myös hänen kalpea kasvonsa näyttivät todistavan unenpuutteesta.

„Er ist tot?", fragte Frau Samsa und blickte die Magd an.

"Onko hän kuollut?" kysyi rouva Samsa katsoen piikaa.

Das hätte sie selbst überprüfen können, indem sie ihn angesehen hätte.

Hän olisi voinut varmistaa tämän katsomalla häntä itse.

„Ich glaube schon", sagte das Dienstmädchen und hob den Besen auf.

"Niin minä luulen", sanoi piika ja nosti luudan.

Und sie schob seinen Körper ein langes Stück über den Boden.

Ja hän työnsi hänen ruumiinsa pitkälle lattiaa pitkin.

Frau Samsa machte eine Bewegung, als wolle sie sie aufhalten.

Rouva Samsa liikahti aivan kuin haluaisi pysäyttää hänet.

Doch am Ende ließ sie das Dienstmädchen Gregor herumschieben.

Mutta lopulta hän antoi palvelijan liu'uttaa Gregoria ympäriinsä.

„Nun", sagte Herr Samsa, „endlich können wir Gott
danken."
– No niin, sanoi herra Samsa, – vihdoinkin voimme kiittää
Jumalaa.
Er bekreuzigte sich; Kopf, Brust, Schultern.
Hän teki ristinmerkin; pää, rinta, hartiat.
Und die drei Frauen folgten seinem religiösen Beispiel.
Ja nuo kolme naista seurasivat hänen uskonnollista
esimerkkiään.
Grete, die den Blick nicht von der Leiche abwandte, sagte:
Grete, joka ei irrottanut katsettaan ruumiista, sanoi;
„Seht nur, wie dünn er war! Er hat so lange nichts gegessen."
"Katso kuinka laiha hän oli, hän ei ole syönyt niin pitkään
aikaan."
**„Das Futter, das ich ihm jeden Morgen hinstellte, war immer
unberührt."**
"Ruoka, jonka jätin hänelle joka aamu, oli aina koskematonta."
Tatsächlich war Gregors Körper völlig flach und trocken.
Itse asiassa Gregorin ruumis oli täysin litteä ja kuiva.
Dies war nun, da er am Boden lag, deutlicher zu erkennen.
Tämä näkyi selvemmin nyt, kun hän oli maassa.
**Weil sein Körper nicht mehr von seinen Beinen
hochgehalten wurde.**
Koska hänen ruumistaan ei enää nostettu jalkojen varaan.
**Und weil es nichts anderes gab, was die Aussicht
beeinträchtigte.**
Ja koska mikään muu ei häirinnyt näkökenttää.
**„Komm doch für eine Weile mit uns herein, Grete", sagte
Frau Samsa.**
"Tule sisään kanssamme hetkeksi, Grete", sanoi rouva Samsa.
**Während sie sprach, lag ein gequältes Lächeln auf ihren
Lippen.**
Hänen huulillaan oli tuskallinen hymy hänen puhuessaan.
**Grete folgte ihnen, blickte aber auch immer wieder zurück
auf die Leiche.**
Grete seurasi heitä, mutta katsoi myös taakseen ruumista.

Das Dienstmädchen schloss die Tür und öffnete das Fenster ganz.

Palvelija sulki oven ja avasi ikkunan kokonaan.

Es war noch früh, daher wäre die Luft normalerweise kalt.

Oli vielä aamuyö, joten ilma olisi normaalisti kylmä.

Doch in der kalten Luft lag auch ein Hauch von Wärme.

Mutta kylmässä ilmassa oli myös lämmön sekoitus.

Wie eine sanfte Erinnerung daran, dass es nun Ende März war.

Kuin pehmeä muistutus siitä, että nyt oli maaliskuun loppu.

Die drei Mieter verließen nun ebenfalls ihr Zimmer.

Myös kolme vuokralaista astuivat ulos huoneistaan.

Sie schauten sich staunend nach ihrem Frühstück um.

He katselivat ympärilleen hämmästyneinä etsien aamiaistaan.

Das Frühstück wurde vergessen, wegen dem, was das Dienstmädchen gefunden hatte.

Aamiainen unohtui piian löytämän asian takia.

„Wo gibt es Frühstück?", grummelte der mittlere Herr.

"Missä on aamiainen?" keskimmäinen herrasmies mutisi.

Das Dienstmädchen legte den Finger an den Mund, um Ruhe zu gebieten.

Palvelijatar laittoi sormensa suulleen käskeäkseen hiljaisuutta.

Und sie winkte den Herren hastig und stumm zu.

Ja hän vilkutti kiireesti ja hiljaa herroille.

Das Dienstmädchen geleitete die drei Herren in den Raum.

Palvelijatar johdatti kolme herrasmiestä huoneeseen.

Und sie erklärte ihnen weiterhin, was geschehen war.

Ja hän jatkoi heille tapahtuneen selittämistä.

Und die drei Herren standen um Gregors Leichnam herum.

Ja kolme herrasmiestä seisoi Gregorin ruumiin ympärillä.

Mit den Händen in den Taschen blickten sie nach unten.

Kädet taskuissa he katsoivat alas.

Das Morgenlicht hatte den Raum nun vollständig durchflutet.

Aamun valo oli nyt tulvinut huoneeseen kokonaan.

Dann öffnete sich die Schlafzimmertür und Herr Samsa erschien.

Sitten makuuhuoneen ovi avautui ja herra Samsa ilmestyi.

Auf der einen Seite saß seine Frau, auf der anderen seine Tochter.

Toisella puolella oli hänen vaimonsa ja toisella puolella tyttärensä.

Herr Samsa trug inzwischen bereits seine Uniform.

Herra Samsalla oli jo univormu yllään.

Man konnte sehen, dass sie alle ein bisschen geweint hatten.

Näki, että kaikki olivat itkeneet vähän.

Grete drückte ihr Gesicht an den Arm ihres Vaters.

Grete painoi kasvonsa isänsä käsivartta vasten.

„Verlassen Sie sofort meine Wohnung!", befahl Herr Samsa.

"Poistu asunnostani heti!" käski herra Samsa.

Und er deutete auf die Tür, ohne die Frauen gehen zu lassen.

Ja hän osoitti ovea päästämättä naisia menemään.

„Was meinen Sie damit?", fragte der Mittelsmann verunsichert.

"Mitä tarkoitat?" kysyi keskimmäinen mies hämmentyneenä.

Und er gab sich alle Mühe, Herrn Samsa freundlich anzulächeln.

Ja hän teki parhaansa hymyilläkseen herra Samsalle suloisesti.

Die anderen beiden hielten ihre Hände hinter dem Rücken.

Kaksi muuta pitivät käsiään selän takana.

Und sie rieben sich erwartungsvoll die Hände.

Ja he hieroivat käsiään yhteen odottaen.

Offenbar erwarteten sie einen lauten Streit.

He näyttivät odottavan kovaäänistä riitaa.

Aber sie schienen sich auf die bevorstehende Auseinandersetzung zu freuen.

Mutta he näyttivät olevan iloisia tulevasta väittelystä.

Sie dachten, der Streit würde zu ihren Gunsten ausgehen.

He luulivat, että riita kääntyisi heidän edukseen.

„Ich meine genau das, was ich eben gesagt habe", antwortete Herr Samsa.

– Tarkoitan juuri sitä, mitä juuri sanoin, vastasi herra Samsa.

Er ging mit seinen beiden Begleitern in einer geraden Linie.

Hän käveli suorassa linjassa kahden seuralaisensa kanssa.

Und Herr Samsa ging direkt auf ihren Anführer zu.

Ja herra Samsa lähestyi suoraan heidän johtavaa herrasmiestä.

Der Herr blieb zunächst stehen und blickte zu Boden.

Herrasmies seisoi ensin paikoillaan ja katsoi maahan.

Die Gedanken in seinem Kopf waren noch im Wandel.

Hänen päänsä sisältö järjestyi yhä.

"Gut, dann gehen wir", sagte er und blickte zu Herrn Samsa auf.

"Selvä, mennään", hän sanoi ja katsoi herra Samsaa.

Eine neue Demut schien ihn plötzlich ergriffen zu haben.

Uusi nöyryys tuntui yhtäkkiä vallanneen hänet.

Und er schien um Erlaubnis für diese Entscheidung zu bitten.

Ja hän näytti pyytävän lupaa tälle päätökselle.

Herr Samsa öffnete die Augen weit und nickte leicht.

Herra Samsa avasi silmänsä ammolleen ja nyökkäsi hieman.

Die Herren folgten seinem Befehl unverzüglich.

Herrat noudattivat heti hänen käskyään.

Und sie machten tatsächlich große Schritte in den Flur hinein.

Ja he todellakin astuivat pitkiä askeleita käytävään.

Seine Freunde hatten bereits aufgehört, sich die Hände zu reiben.

Hänen ystävänsä olivat jo lopettaneet käsiensä hieromisen.

Sie hatten mitgehört, wie das Gespräch verlaufen war.

He olivat kuunnelleet, miten keskustelu eteni.

Und nun rannten sie ihm nach, als ob sie Angst hätten.

Ja nyt he juoksivat hänen perässään, ikään kuin peloissaan.

Es ist möglich, dass Herr Samsa sie immer noch von ihrem Anführer isoliert.

Herra Samsa saattaisi silti eristää heidät johtajastaan.

Sie zogen ihre Stöcke aus dem Stöckebehälter.

He vetivät keppinsä keppirasiasta.

Und sie verbeugten sich schweigend, bevor sie die Wohnung verließen.

Ja he kumarsivat äänettömästi ennen kuin lähtivät asunnosta.

Herr Samsa und die beiden Frauen traten aus dem Vorplatz.

Herra Samsa ja kaksi naista astuivat ulos etupihalle.

Aber eigentlich hatten sie keinen Grund, den Männern zu misstrauen.

Mutta todellisuudessa heillä ei ollut mitään syytä epäillä miehiä.

Sie lehnten sich ans Geländer, um zu überprüfen, ob sie weg waren.

He nojasivat kaiteeseen tarkistaakseen, olivatko he lähteneet.

Die drei Herren kamen tatsächlich die Treppe herunter.

Kolme herrasmiestä todellakin laskeutuivat portaita.

In einer bestimmten Kurve der Treppe verschwanden sie.

Tietyssä portaikon mutkassa ne katosivat.

Und dann brachte die Treppe sie wieder in Sichtweite.

Ja sitten portaikko toi heidät taas näkyviin.

Dieses Erscheinen und Verschwinden wiederholte sich auf jeder Etage.

Tämä ilmestyminen ja katoaminen toistui joka kerroksessa.

Doch schließlich waren sie fast am Ziel.

Mutta lopulta he olivat melkein pohjalla.

Je weiter sie gingen, desto uninteressanter wurden sie.

Mitä pidemmälle he menivät, sitä epäkiinnostavammiksi he kävivät.

Alle kehrten erleichtert ins Haus zurück.

Kaikki palasivat kotiin kuin helpottuneina.

Sie beschlossen, den Tag zum Ausruhen und für einen Spaziergang zu nutzen.

He päättivät käyttää päivän lepäämiseen ja kävelylle lähtemiseen.

Sie waren der Meinung, dass sie sich diese Auszeit von ihrer Arbeit verdient hatten.

He kokivat ansainneensa tämän tauon työstään.

Sie hatten diese Auszeit nicht nur verdient, sie brauchten sie auch.

He eivät ainoastaan ansainneet tätä taukoa, he tarvitsivat sen.

Sie setzten sich an den Tisch, um Entschuldigungsbriefe zu schreiben.

He istuutuivat pöydän ääreen kirjoittamaan
anteeksipyyntökirjeitä.
**Herr Samsa verfasste seinen Entschuldigungsbrief an die
Geschäftsleitung.**
Herra Samsa kirjoitti anteeksipyyntökirjeen johdolleen.
**Frau Samsa schrieb ihren Entschuldigungsbrief an ihre
Kunden.**
Rouva Samsa kirjoitti anteeksipyyntökirjeensä asiakkailleen.
**Und Grete schrieb ihren Entschuldigungsbrief an ihren
Schulleiter.**
Ja Grete kirjoitti anteeksipyyntökirjeensä rehtorilleen.
**Während alle schrieben, kam das Dienstmädchen ins
Zimmer.**
Heidän kaikkien kirjoittaessa piika tuli huoneeseen.
**Ihre Arbeit am Vormittag war erledigt, also ging sie nach
Hause.**
Hänen aamutyönsä oli tehty, joten hän oli menossa kotiin.
Die drei Schriftsteller nickten zunächst, ohne aufzusehen.
Kolme kirjoittajaa nyökkäsivät ensin katsomatta ylös.
**Das Dienstmädchen schien aber noch nicht gehen zu
wollen.**
Mutta piika ei näyttänyt haluavan vielä lähteä.
**Sie wartete einen Moment, bis die drei Schriftsteller
aufblickten.**
Hän odotti hetken, kunnes kolme kirjoittajaa katsoivat ylös.
„Na?", fragte Herr Samsa verärgert, genau wie die anderen.
"No niin?" kysyi herra Samsa vihaisena, kuten muutkin.
**Das Dienstmädchen stand mit einem Lächeln im Gesicht in
der Tür.**
Palvelijatar seisoi oviaukossa hymy huulillaan.
**Sie erweckte den Eindruck, gute Neuigkeiten zu verkünden
zu haben.**
Hän antoi ymmärtää, että hänellä oli hyviä uutisia
kerrottavanaan.
**Aber sie würde die Neuigkeit nicht preisgeben, solange sie
nicht dazu aufgefordert würde.**
Mutta hän ei aikonut kertoa uutista, ellei häntä pyydettäisi.

Die aufrecht stehende Straußenfeder an ihrem Hut
schwankte leicht.
Hänen hatussaan pystyssä oleva strutsinsulka huojui hieman.
Diese Straußenfeder hatte Herrn Samsa schon immer
geärgert.
Tuo strutsinsulka oli aina ärsyttänyt herra Samsaa.
„Also, was wollen Sie dann?", fragte Frau Samsa bestimmt.
"No, mitä te sitten haluatte?" kysyi rouva Samsa lujasti.
Das Dienstmädchen hatte nach wie vor großen Respekt vor
Frau Samsa.
Palvelijatar kunnioitti edelleen paljon rouva Samsaa.
„Ja", antwortete sie und lachte freundlich auf.
"Kyllä", hän vastasi ja puhkesi ystävälliseen nauruun.
Einen Moment lang unterbrach sie ihr Lachen und sie
verstummte.
Hetken aikaa hänen naurunsa esti häntä puhumasta.
„Um das Ding nebenan brauchst du dir keine Sorgen zu
machen."
"Sinun ei tarvitse huolehtia tuosta naapurista."
„Ich habe bereits dafür gesorgt, wie wir es loswerden."
"Olen jo järjestänyt, miten pääsemme siitä eroon."
Frau Samsa und Grete schrieben ihre Briefe weiter.
Rouva Samsa ja Grete jatkoivat kirjeidensä kirjoittamista.
Herr Samsa bemerkte jedoch, dass das Dienstmädchen noch
nicht fertig war.
Mutta herra Samsa huomasi, ettei piika ollut vielä lopettanut.
Nun wollte sie alles genauer beschreiben.
Nyt hän halusi kuvailla kaiken tarkemmin.
Doch er streckte die Hand aus, um ihre
Annäherungsversuche zurückzuweisen.
Mutta hän ojensi kätensä torjuakseen hänen yrityksensä.
Sie erkannte, dass sie an ihren Plänen kein Interesse hatten.
Hän tajusi, etteivät he olleet kiinnostuneita hänen
suunnitelmistaan.
Und dann erinnerte sie sich an die große Eile, in der sie
gewesen war.
Ja sitten hän muisti, kuinka kiireinen hän oli ollut.

„Dann tschüss", sagte sie, sichtlich beleidigt über das mangelnde Interesse.

"Ciao sitten", hän sanoi loukkaantuneena kiinnostuksen puutteesta.

Bevor sie ging, knallte sie die Tür jedoch mit einem lauten Knall zu.

Mutta ennen lähtöään hän paiskasi oven hirveän lujaa kiinni.

„Sie wird heute Abend entlassen", sagte Herr Samsa.

"Hänet potkaistaan illalla", sanoi herra Samsa.

Seine Frau und seine Tochter hatten jedoch keine Zeit, ihm zu antworten.

Mutta hänen vaimonsa ja tyttärensä olivat liian kiireisiä vastatakseen hänelle.

Weil das Dienstmädchen ihren gerade erst gewonnenen Frieden gestört hatte.

Koska piika oli häirinnyt heidän juuri saavuttamaansa rauhaa.

Die Mutter und die Tochter standen auf und gingen zum Fenster.

Äiti ja tytär nousivat ylös mennäkseen ikkunalle.

Und so blieben sie mit den Armen umeinander liegen.

Ja kädet toistensa ympärillä he pysyivät siinä.

Herr Samsa drehte sich in seinem Stuhl um, um sie anzusehen.

Herra Samsa kääntyi tuolissaan katsoakseen heitä.

Und eine Weile lang beobachtete er sie schweigend, wie sie dort standen.

Ja hetken aikaa hän katseli heitä hiljaa seisomassa siinä.

Schließlich rief er ihnen zu: „Willst du zu mir kommen?"

Lopulta hän huusi heille: "Tulisitteko luokseni?"

„Vergessen wir doch einfach all den alten Kram."

"Unohdetaanpa kaikki vanhat jutut, eikö niin?"

"Komm her und schenk mir ein wenig deiner Aufmerksamkeit."

"Tule luokseni ja anna minulle vähän huomiotasi."

Die beiden Frauen taten, wie er gesagt hatte, und eilten zu ihm hinüber.

Kaksi naista tekivät niin kuin hän käski ja ryntäsivät hänen
luokseen.
Sie umarmten ihn herzlich und küssten ihn.
He antoivat hänelle hellän halauksen ja suukottivat häntä.
**Sie kehrten schnell zurück, um ihre Briefe fertig zu
schreiben.**
He palasivat nopeasti kirjoittamaan kirjeensä loppuun.
Dann verließen alle drei gemeinsam die Wohnung.
Sitten kaikki kolme poistuivat asunnosta yhdessä.
**Sie waren seit Monaten nicht mehr zusammen aus dem
Haus gegangen.**
He eivät olleet lähteneet ulos kotoa yhdessä kuukausiin.
Und sie fuhren mit der Straßenbahn an den Stadtrand.
Ja he ottivat raitiovaunun kaupungin laitamille.
**Sie hatten den gesamten Waggon der Straßenbahn für sich
allein.**
Heillä oli koko raitiovaunun vaunu omassa käytössään.
Von draußen strömte Sonnenschein durch das Fenster.
Auringonpaiste tulvi ikkunasta sisään ulkoa.
Die Familie lehnte sich bequem in ihren Sitzen zurück.
Perhe nojasi mukavasti taaksepäin istuimissaan.
Und sie besprachen die Aussichten für ihre Zukunft.
Ja he keskustelivat tulevaisuudennäkymistään.
**Bei näherer Betrachtung waren ihre Aussichten gar nicht so
schlecht.**
Lähemmin tarkasteltuna heidän tulevaisuudennäkymänsä
eivät olleet huonot.
Alle drei hatten Jobs mit dem Potenzial, mehr zu verdienen.
Kaikilla kolmella oli työpaikkoja, joissa oli mahdollisuus
ansaita enemmän.
Sie hatten einander nie nach ihrer Arbeit gefragt.
He eivät olleet koskaan kysyneet toisiltaan työstään.
**Doch nun hatten sie endlich Zeit, solche Dinge zu
besprechen.**
Mutta nyt heillä oli vihdoin aikaa keskustella tällaisista
asioista.

Sie hatten auch die Möglichkeit, in eine kleinere Wohnung umzuziehen.

Heillä oli myös mahdollisuus muuttaa pienempään asuntoon.

Dies hätte den größten Einfluss auf ihr Leben.

Tällä olisi suurin vaikutus heidän elämäänsä.

Ihre jetzige Wohnung hatte Gregor ausgesucht.

Gregor oli valinnut heidän nykyisen asuntonsa.

Aber jetzt könnten sie in eine günstigere Gegend ziehen.

Mutta nyt he voisivat muuttaa jonnekin edullisempaan paikkaan.

Eine kleinere Wohnung, aber eine praktischere.

Pienempi asunto, mutta käytännöllisempi paikka.

Das Gespräch über die Zukunft machte Grete wieder lebendiger.

Tulevaisuudesta puhuminen piristi Greteä jälleen.

Herr und Frau Samsa bemerkten auch andere Veränderungen an ihr.

Herra ja rouva Samsa huomasivat hänessä myös muita muutoksia.

Ihre Wangen waren vor lauter Sorgen ganz blass geworden.

Hänen poskensa olivat kalpenneet kaikista huolista.

Doch ihre Tochter entwickelte sich inzwischen zu einer feinen jungen Dame.

Mutta nyt heidän tyttärestään oli tulossa kaunis nainen.

Sie war mittlerweile wirklich eine wohlproportionierte und hübsche junge Frau.

Hän oli nyt todellakin hyvin rakentunut ja komea nuori nainen.

Ihre Eltern wurden still und bewunderten ihre Tochter.

Hänen vanhempansa hiljenivät ja ihailivat tytärtään.

Sie wechselten Blicke und kommunizierten unbewusst.

He vilkaisivat toisiaan tiedostamattaan kommunikoiden.

„Es wird bald an der Zeit sein, einen guten Mann für sie zu finden."

"Pian on aika löytää hänelle hyvä mies."

Die Straßenbahn hatte ihr Ziel erreicht und bremste ab.

Raitiovaunu oli saapunut määränpäähänsä ja hidasti vauhtia.

Ihre Tochter schien ihre neuen Träume zu bestätigen.
Heidän tyttärensä näytti vahvistavan heidän uudet
unelmansa.
**Sie war die Erste, die aufstand und ihren jungen Körper
streckte.**
Hän nousi ensimmäisenä seisomaan ja venytti nuorta
vartaloaan.